FUSION

Fusion

(Plus rien ne sera comme avant – Tome 3)

Ariane Fusain

© Éditions Hélène Jacob, 2014. Collection *Fantastique*. Tous droits réservés.

ISBN : 978-2-37011-144-9

Éditions Hélène Jacob – 13 Impasse Victor Gesta – 31200 Toulouse

Imprimé par Create Space – États-Unis

13,45 €

Dépôt Légal Juin 2014

Design couverture : Jérémy Calli

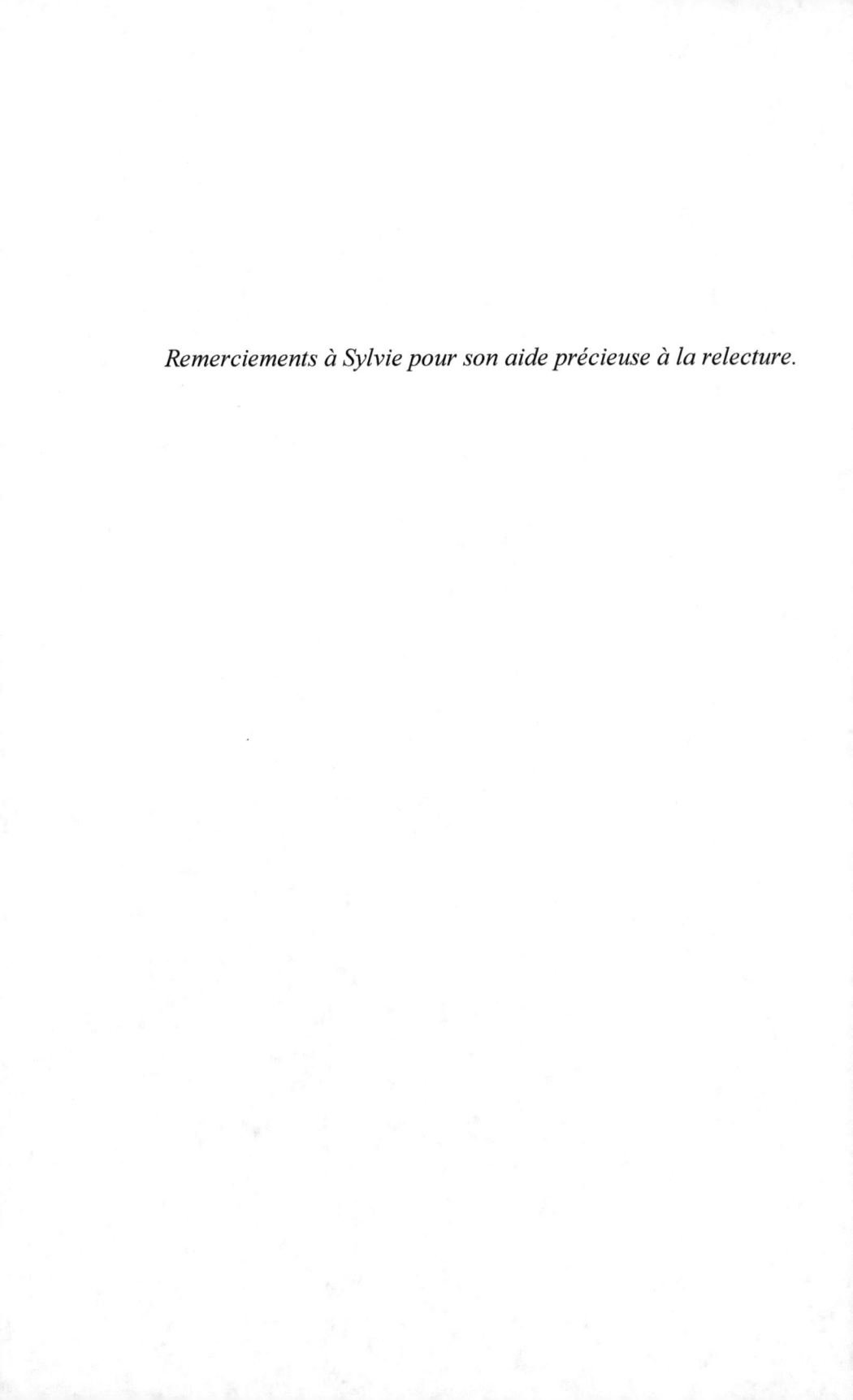

Remerciements à Sylvie pour son aide précieuse à la relecture.

Résumé des tomes 1 et 2

Cédric Grej-Holman a tout pour être heureux jusqu'au jour où il découvre que des êtres – qui ont la faculté d'apparaître et de disparaître à volonté – les manipulent, sa compagne Tulay et lui, et qu'un individu machiavélique nommé Lexhil se prépare à envahir la Terre.

Lors d'une réunion extraordinaire à La Séclya, il bascule dans un monde parallèle qui le déstabilise d'autant plus que son quotidien est parsemé de faits troublants : il est investi par monsieur Firstub Balson – responsable envoyé par la maison mère américaine – d'une tâche pour laquelle il n'a aucune compétence, et ses nuits sont peuplées de cauchemars qui lui rappellent que, depuis l'enfance, il cache un gros secret.

En effet, Tulay apprend que dès l'âge de 8 ans, il faisait des rêves prémonitoires, mais surtout qu'il est resté de nombreuses années en contact avec sa grand-mère décédée : mamie Line. C'est dans un contexte d'instabilité climatique grandissante que Firstub Balson leur apprend qu'ils ont ouvert une faille permettant à Lexhil d'envahir la Terre.

Pour fermer cette faille, ils doivent tous les deux suivre sa formation.

Cédric et Tulay se sentent manipulés, mais devant les événements climatiques de plus en plus inquiétants qui se manifestent sur Terre, ils acceptent d'aller ensemble voir de quoi il retourne de l'autre côté de la table de la salle G.

Malheureusement, Lexhil les suit et tente d'absorber Cédric lors d'un gigantesque incendie. Mortellement brûlé, Cédric est ramené in extremis dans le monde réel par Tulay, mais découvre que sa vie a été rachetée par celle de sept promeneurs innocents. Dès lors, il comprend qu'il ne pourra plus jamais vivre comme avant avec insouciance, et accepte la formation de Firstub.

Accompagné de Tulay qui apprend à maîtriser ses capacités de matérialisation, il découvre qu'il a développé une puissante « extension » qui lui permet d'augmenter ses capacités énergétiques : la caudale.

Fermer la faille qui permettait à Lexhil d'absorber des humains ne suffit pas à éloigner définitivement la menace. De fil en aiguille, Firstub Balson l'amène à accepter l'idée que lui seul peut se rendre chez l'ennemi. Pour libérer la Terre de ce spectre terrifiant, il va l'affronter sur son territoire, dans un monde parallèle. Mais, dans l'univers de Lexhil, il est confronté à une réalité dépassant tout ce que son imagination, pourtant très fertile, aurait pu concevoir. Il s'y retrouve prisonnier en compagnie de trois compères d'infortune et ce n'est que parce que Tulay est en danger qu'ils trouvent les ressources nécessaires pour réussir à s'enfuir.

De retour sur Terre, ils sont accueillis dans la salle du grand conseil par Barzok en personne. Alors qu'ils sont encore dans l'euphorie du retour, ils apprennent qu'ils doivent y retourner, seuls, pour neutraliser Lexhil, mais qu'en aucun cas ils ne pourront le tuer, sous peine de devenir comme lui.

Désemparés, encore sous le choc, ils se retrouvent avec Firstub pour développer l'arme ultime sans laquelle ils n'ont aucune chance de retour.

1 – *Une aigrette de pissenlit*

Après avoir ramené nos Tulays, enfin notre Tulay, dans la grande salle du conseil, nous avons réalisé que notre aventure était loin d'être aussi simple que nous le pensions.

En fait, je ne suis même pas certain que nous y ayons pensé à un quelconque moment. En quelques mois, tout a été si vite et surtout tout était tellement dirigé que nos doutes et nos peurs, toujours plus ou moins sous-jacents, ont été régulièrement balayés par l'urgence de l'action et que nous n'avons jamais vraiment pris le temps d'analyser calmement la situation.

Nous vivions tranquillement, chacun dans notre pays, dans l'ignorance totale de l'existence des autres. À quelques détails près, nous avons vécu les mêmes étapes : la montée vers la capitale, l'emploi inespéré à La Séclya, la rencontre de Tulay et la table de la salle G où tout a basculé. Bien que tout cela nous dépassât, il y avait comme un côté magique, l'extraordinaire sensation d'être l'élu, d'être protégé par des personnages incroyables qui apparaissaient toujours au moment opportun. Lorsque Barzok nous a annoncé qu'au moment décisif nous serions seuls face à Lexhil, tout ce que je croyais être a volé en éclat. L'entité « nous-je » a pris corps et m'a semblé infiniment fragile et faible au regard de la puissance de Lexhil, et toutes les peurs sans cesse refoulées, tous mes questionnements ont refait surface.

Barzok prétend que nous sommes une partie d'une âme qui se serait incarnée en quatre individus quasiment identiques, parce qu'au moment T, nous devrons être quatre pour réussir à vaincre Lexhil. Il ne précise pas ce qu'est réellement notre objectif, ce qu'il sous-entend par vaincre, si ce n'est qu'eux ne peuvent pas l'anéantir sans devenir comme lui. Il est évident que pour nous, il en est de même. Je ne m'imaginais pas tuer quelqu'un, et ne pas devoir le faire me soulage énormément, mais a contrario, je ne vois vraiment pas comment nous pouvons empêcher Lexhil d'agir contre l'humanité. Comment nous quatre, qui n'avons aucune expérience militaire, pourrions-nous réussir à maîtriser Lexhil et tout son arsenal ?

La caudale, c'est tout ce dont nous disposons. Je ne suis toujours pas très à l'aise avec ce concept, même si je ne peux que reconnaître qu'elle est très puissante, puisqu'elle nous permet de nous dématérialiser et de parcourir des espaces incompatibles avec la lourdeur du corps humain. Pour autant, je ne me sens ni super-héros ni grand stratège, j'ai plutôt l'impression d'être une aigrette de pissenlit qui évolue au gré des désirs de chacun. En ce moment, pour nous, le vent tourne ; l'Aquilon, ce vent mauvais annonciateur de redoutables tempêtes, gonfle à l'horizon, et je déteste la tempête.

*
* *

Nous-Je existe bel et bien, car nous venons de penser à l'unisson. Plus ils disent nous préparer et plus nous nous sentons faibles et désemparés. Même Tulay est devenue différente ; elle peut se réunifier physiquement alors que nous n'avons pas cette capacité. Nous ne pouvons que ressentir vaguement notre unité à travers nos pensées communes, ça me semble un peu léger face à Lexhil. Barzok a parlé d'une arme ultime, mais aussi d'attaque imminente, je me sens aussi à l'aise que si je devais faire une course avec des lacets défaits.

2 – *À marche forcée*

La réunion du grand conseil à peine terminée, nous nous sommes tous les quatre retrouvés sur cette plage, on ne sait trop où sur Terre, avec Firstub pour seul interlocuteur. Il ne semble pas qu'il soit question d'un quelconque répit. Cedrik déglutit, mais ne parvient pas à maîtriser son inquiétude lorsqu'il s'adresse à Firstub :

— Pourquoi Tulay n'est-elle pas avec nous ?

— Elle a besoin d'une formation spéciale. Elle doit acquérir certaines compétences qui sont un peu trop complexes pour que ce soit moi qui m'en occupe. Mon rôle vous concerne, il n'est pas lié à la formation de Tulay, et pour l'instant nous devons nous rendre dans un endroit qui vous permettra de mieux comprendre.

Tout en terminant sa phrase, Firstub s'est mis en marche vers l'une des extrémités de la plage, où je distingue une forêt de pins. Nous le suivons, bon gré mal gré, plus que jamais tiraillés par nos questionnements. Mieux comprendre, je veux bien, mais en quoi cela me rendra-t-il plus vaillant face à Lexhil ?

Toujours dans ses préoccupations, Cedrik continue :

— Qui s'en occupe, alors ? Jusqu'ici, nous sommes toujours restés ensemble, avec toi pour seul référent.

— Barzok lui a associé un nouveau guide très puissant, en parfaite harmonie vibratoire avec elle, du genre plutôt féminin, ça lui conviendra beaucoup mieux. Comme vous, elle va devoir apprendre à fermer son mental, mais aussi à communiquer avec vous sur des ondes très spécifiques. Hormis lorsque vous étiez dans vos clones, vous pensez en permanence sans protection. Nous autres sommes capables de recevoir et de traduire les fréquences que vos cerveaux émettent en permanence, exactement de la même manière que lorsque vous communiquiez mentalement entre vous chez Phodat Lexhil…

— Mais c'est faux ! Nous devions orienter nos pensées vers les autres pour qu'ils les entendent. Ce n'était pas automatique, nous pouvions penser sans que les autres nous entendent, s'offusque Cedrych.

— Lexhil ne nous entendait pas, sinon il aurait réagi ! ajoute Cedrik assez agacé.

— Il y a deux raisons à cela. Sans maîtriser la technique, vous vous êtes protégés parce que vous vous fermiez à Lexhil par pur réflexe de défense, mais cela n'aurait pas été suffisant s'il avait été présent physiquement dans la même pièce. Il a toujours communiqué avec vous par écran interposé, répond Firstub très calmement, bien que nous lui ayons coupé la parole.

Il accélère sensiblement le pas. Interprétant cela comme de l'impatience, j'essaye de temporiser tout en tentant de maintenir le rythme :

— C'est vrai, la première fois que nous étions devant le grand conseil, lorsque j'ai pensé que Lexhil était un narcissique, tu m'as corrigé, Cerdish, pourtant je n'avais pas orienté ma pensée. Il ne suffit donc pas de vouloir que les autres nous entendent et de se concentrer, il y a autre chose. Mais c'est vrai aussi que nous pouvions penser sans que les autres ne le sachent, nous isoler dans nos têtes. C'est d'ailleurs comme ça que nous avons découvert qu'il nous fallait le vouloir pour que nous puissions échanger nos idées sans que Lexhil nous entende. Il y a quelque chose qui m'échappe, je n'y comprends plus rien, Firstub.

— Vous autres humains avez une expression pour cela, vous dites : « j'ai pensé trop fort, vous m'avez entendu ». Dans les faits, c'est bien plus complexe. Les personnes attrapent furtivement vos pensées parce qu'elles sont sur la même fréquence vibratoire que vous à ce moment-là. C'est comme les ondes radio, si on est tous branchés sur la même longueur d'onde, on reçoit tous la même émission. Actuellement, vous n'êtes pas capables de choisir volontairement la fréquence que vous désirez utiliser, jusqu'à présent vous n'êtes arrivés à vous connecter que dans des circonstances particulières et avec une volonté appuyée.

— Waouh ! dis-je dans un souffle, réalisant tout ce que cela implique. C'est pour cela que vous savez toujours ce qui se passe dans nos têtes ! Il vous suffit de vous aligner sur nous et, évidemment, pour vous c'est un jeu d'enfant. J'imagine que vous êtes capables de vous placer à volonté sur n'importe quel niveau de fréquence, c'est ça ?

Nous nous engageons sous les pins, leur odeur caractéristique me chatouille les narines et me rappelle des souvenirs d'enfance, dans les Landes. Firstub continue, imperturbable :

— Lorsque nos interlocuteurs ne se protègent pas, c'est très facile, en effet. Nous pouvons tous le faire… Vous aussi, c'est beaucoup moins complexe que vous ne le croyez !

J'écarquille les yeux, mais je suis moins impressionné que les autres fois. Je commence à m'habituer, et puis la perspective d'être un peu comme eux flatte mon ego. Tout en respirant à pleins poumons avec délice, je m'enquiers, à la limite de la boutade :

— Et… quand apprendrons-nous à le faire consciemment ?

— C'est ce que nous allons faire. Lorsque vous serez physiquement face à Lexhil, la moindre hésitation sera fatale. Je dois donc affiner vos compétences en matière de communication. Vous devrez être capables d'agir exactement de la même façon que vous respirez, c'est-à-dire inconsciemment. Vos échanges mentaux doivent devenir tellement rapides que vous aurez la sensation de n'être qu'un seul cerveau. Pour cela, vous devez fonctionner avec la certitude absolue d'être UN, le reste suivra automatiquement. Vous comprendrez mieux ce concept quand vous l'aurez expérimenté.

— Tu veux nous transformer en robots ? demande Cedrik, toujours sur la défensive.

Bing, je viens de redescendre de mon petit nuage. Je ne suis pas en vacances, ici, il faut que je reste vigilant. C'est drôle, on dirait que Cedrik remplace Tulay, aujourd'hui ! Agir inconsciemment, c'est certain, ça ne lui aurait pas plu.

Accélérant un peu plus le pas, Firstub lui répond :

— Encore une résistance ! Considérez-vous que les principes vitaux qui fonctionnent inconsciemment dans votre organisme font de vous des robots ?

— … Je suppose que non… enfin, je n'y ai jamais pensé. Et vous ? répond Cedrik, se tournant vers nous.

— Ben non, en fait, je crois que le fait que les fonctions vitales soient automatisées nous libère. On peut se concentrer sur autre chose, comme nos déplacements, et puis je suppose qu'on ne pourrait rien faire si on devait sans cesse penser à régulariser notre pression artérielle, par exemple, dis-je tout en regardant où je pose mes pieds.

La marche dans le sable, ce n'est toujours pas mon sport favori.

— Oui, c'est cela et ce n'est qu'un élément parmi toutes les choses que votre organisme fait sans que vous y pensiez sans cesse.

Cerdish, qui n'a rien dit jusqu'alors, réagit enfin :

— OK, je comprends ce que tu veux faire : nous rendre plus efficaces, car nous serons directement connectés par la pensée… Pourtant, excuse-moi, mais je ne vois toujours pas en quoi ça nous rendra suffisamment forts face à Lexhil : nous ne sommes formés à aucune technique de combat. Penser vite et bien est certainement un atout, mais de là à considérer que nous pourrons neutraliser Lexhil et toutes ses inventions diaboliques avec nos neurones combinés, c'est carrément suicidaire !

— Vous ne disposerez pas que de vos neurones, mais ne perdez jamais de vue que, sans stratégie, on peut gagner une ou plusieurs batailles, mais pas la guerre. Ce que vous allez apprendre est essentiel. Il s'agit de contrôler vos pensées et vos émotions en toutes circonstances…

— Ça commence mal ! Je bloque déjà, dis-je un peu mal à l'aise.

— Waouh ! C'est quoi, ce truc monumental ? s'exclame Cedrych, le nez en l'air et le doigt dressé vers un immense édifice en bois que l'on distingue entre la cime des pins.

— C'est l'endroit où nous allons. Nous avons encore un peu de marche pour l'atteindre. Pendant que vous ferez cette mise au point indispensable, Tulay va acquérir la capacité de communiquer avec l'un d'entre vous, quel que soit l'endroit où vous vous trouverez. En ce qui vous concerne, tout ce dont vous avez besoin est déjà en place, mais vous manquez sérieusement de maîtrise et de confiance en vos capacités, répond Firstub.

Interloqués, nous nous sommes arrêtés. Firstub se retourne et, encore une fois, je sens une légère pointe d'impatience dans sa voix quand, en accélérant légèrement le pas, il ajoute :

— Ceci fait déjà partie de votre apprentissage, soyez un peu plus attentifs. Il serait indispensable que vous puissiez tous communiquer mentalement et à distance avec Tulay, mais vu le peu de temps dont nous disposons et tout ce que vous devez maîtriser, nous avons décidé de répartir les fonctions essentielles entre vous quatre.

Nous le rattrapons sans plus rien dire. Communiquer à distance, est-ce qu'il veut dire que nous ne reverrons plus nos Tulays avant longtemps ou bien que, maintenant qu'elle s'est réunifiée, elle va apprendre à lire dans nos pensées comme eux ? Ben, ça ne serait pas cool, je ne lui cache rien, mais bon, quelquefois, j'ai des pensées un peu… enfin, quoi, je n'ai pas du tout envie que tout le monde s'aperçoive que je pense trente-six mille idioties à la minute !

— *Alors, profite de la marche pour renforcer ta barrière mentale et cesse de faire une fixation sur tes pieds.*

Et merde, même Cedrych s'y met, il y a urgence que j'apprenne à être étanche !

3 – *Le révélateur*

Nous tentons de suivre le rythme sans desserrer les lèvres, trop occupés à essayer de maintenir nos cervelles en vase clos tout en cherchant à deviner ce que peut être cet immense arbre que nous ne distinguons que très partiellement.

De son côté, Firstub continue ses explications :

— Vous n'êtes pas encore prêts à faire face à Lexhil. Ce que nous allons travailler ici est essentiel, vital pour vous et pour tous ceux qui dépendent de vous.

Sans quitter la structure des yeux – enfin quand c'est possible –, Cerdish répond :

— Ouch ! Nous savons que nous ne pouvons pas lui résister de face. On s'en est aperçu. Il nous a manipulés, il s'est joué de nous quand nous étions sous sa coupe. Comment pourrions-nous vaincre, seuls, un individu aussi puissant ?

— Même avec quatre caudales ! Pour l'instant, nous n'avons réussi qu'à fuir, ce n'est pas très militaire, comme attitude ! dis-je.

— Réfléchissez ! Comment vous en êtes-vous sortis jusqu'ici ? Êtes-vous restés là à vous désoler, à marmonner vos faiblesses ?

Après quelques secondes de réflexion, Cerdish tente une explication :

— C'est vrai, en y réfléchissant bien, nous avons fait plus que fuir : nous avons combiné nos forces pour obtenir le résultat que nous cherchions. Il ne s'agissait pas de fuir, mais de ramener nos Tulays, et nous avons réussi. La communication directe entre nos quatre cerveaux nous a permis de le faire, mais sans mamie Line, nous n'aurions pas pu prévenir les filles… Du coup, si nous voulons être autonomes, il est forcément nécessaire que Tulay communique avec nous en toutes circonstances, et je ne vois pas comment cela sera possible…

Toujours concentré sur son objectif, Cedrych l'interrompt en fronçant le nez et le front pour aiguiser sa vue :

— C'est bizarre, plus on approche et moins je le vois, notre lieu de rendez-vous !

— C'est normal, répond Firstub. Nous y sommes presque.

— ????

Nos regards se croisent, mais comme aucun de nous n'a envie de se distinguer une fois de plus, nous préférons garder le silence. Pourtant, plus nous approchons et plus je suis certain qu'il disparaît.

À présent, nous n'en sommes plus qu'à quelques mètres et il semble être devenu totalement transparent. Je devrais voir une énorme masse sombre à travers les pins de plus en plus épars, mais c'est l'inverse qui se produit. J'ai l'impression que nous allons aboutir dans une clairière où il n'y aura… rien, alors que je pensais trouver un arbre magistral qui dominerait tout. Bref, un de leurs tours de passe-passe qui n'existent que dans leur monde !

Encore quelques mètres et, cette fois-ci, je le vois. Enfin, voir est un bien grand mot : je le devine. C'est une sorte d'immense monolithe que j'estime avoir cent mètres de haut et qui pointe comme une flèche vers le ciel. L'objet est complètement transparent sur toutes ses faces, seules les arêtes qui brillent comme des joyaux au soleil nous permettent de l'évaluer. Il semble totalement vide et, hormis ses proportions pharaoniques, il me paraît dénué d'intérêt. On voit si bien au travers qu'on pourrait se demander s'il existe vraiment. Pourtant, tous mes sens m'indiquent qu'il est bien plus que ce que je peux percevoir. Je suis complètement subjugué et je ressens le même frisson sur ma peau que lorsque j'ai vu la table, la première fois que je suis entré dans la salle G.

Firstub s'est arrêté, nous laissant prendre contact avec l'édifice.

J'ai beau le scruter sous tous ses angles, ce n'est que pureté des lignes, transparence d'où se dégage une sorte de majesté qui impose le respect. Ne voyant absolument aucun accès à cet objet parfait, Cerdish interroge Firstub :

— Qu'est-ce que c'est ? Un joyau gigantesque, une antenne de verre pour communiquer avec votre monde où une autre porte vers des mondes inconnus ?

— Rien de tout cela. Il n'existe aucun mot dans vos concepts terrestres pour représenter la globalité des fonctions de ce lieu. Pour ce qui vous concerne aujourd'hui, ce sera... disons, un révélateur.

— Un révélateur !!!!

— Révélateur de quoi ? Il n'y a rien à l'intérieur !

— On ne peut même pas y entrer !

Firstub, amusé, me rétorque :

— Auriez-vous imaginé, il y a seulement quelques mois, que vous pourriez traverser une table pour changer d'univers, prendre un ascenseur pour traverser Paris et quitter votre corps pour en intégrer un autre ?

— Pfff ! C'est vraiment difficile de bousculer tout le temps tous nos concepts, de tout remettre en cause et d'essayer de voir toujours plus loin ! dis-je, dépité de m'être à ce point laissé rattraper par mes vieux réflexes.

Solidaire, Cedrik approuve :

— Oui, tout va vraiment trop vite pour nous et là, j'avoue que je ne vois pas ce que cette flèche totalement vide va nous apprendre de plus !

Sans répondre, Firstub se remet en marche. Nous le suivons, curieux de ce que nous allons découvrir, sans lâcher de nos regards l'étrange objet.

Plus nous nous en approchons, plus il semble insondable.

Arrivé à un mètre de la base, Cedrik ne peut s'empêcher de constater tout haut ce que chacun pense tout bas :

— Bon, eh bien, il n'y a pas de porte ni d'accès. Alors, par où rentre-t-on dans ton révélateur ?

En guise de réponse, Firstub s'avance, un demi-sourire flottant sur ses lèvres. Après nous être regardés d'un air plutôt sceptique, nous le suivons.

*
* *

Sans aucune transition, nous réalisons que nous sommes à l'intérieur.

— Mais, comment est-ce possible ? Je n'ai rien ressenti ! s'émerveille Cedrych.

Firstub se contente d'accentuer son sourire énigmatique, sans rien ajouter.

— Il n'y a rien à l'intérieur non plus, déclare Cerdish, désarçonné.

— Observez un peu plus calmement et attentivement, conseille tranquillement Firstub.

Après un moment de concentration visuelle à m'en rendre aveugle, je crois distinguer une série de cloisons.

— On dirait un immeuble composé de salles dont toute la structure serait imperceptible pour nos yeux, dis-je, assez fier de moi.

— Comme du verre, ajoute Cedrych, à ceci près que c'est tellement pur que le regard n'a quasiment rien à accrocher… et puis le verre, on ne passe pas à travers.

— Pourtant, complète Cedrik, nous parvenons à déceler ses formes.

Se tournant vers Firstub, Cerdish conclut :

— Quel est ce nouveau mystère ?

— Dans ce lieu, vous allez apprendre à contrôler vos pensées et vos émotions en les associant de différentes façons, de manière à être infaillibles. En ressortant, vous aurez une maîtrise totale du cerveau supérieur que forme l'association de vos quatre cerveaux, ce qui vous permettra, entre autres, de penser en commun beaucoup plus efficacement que vous ne le faites actuellement. C'est un lieu d'apprentissage très accéléré.

Exaspéré, Cedrik intervient avant que j'aie eu le temps de réagir :

— Quel programme !… À La Séclya, je détestais le brainstorming, et tu vas nous former pour devenir des experts. Explique-nous en quoi être capable de réfléchir à quatre en un est une arme fatale, car je suppose que c'est à ça que faisait également allusion Barzok ?

— Parfaitement, ce que vous allez apprendre à maîtriser est d'une force prodigieuse. Lexhil est un puissant manipulateur mental. Il joue sur les faiblesses de chacun et utilise toute une panoplie de techniques pour affaiblir l'adversaire. Une fois que celui-ci est sous sa coupe, il n'a aucun mal à en faire sa marionnette ou à l'absorber, en fonction de ses besoins.

— Pourquoi ne nous absorbe-t-il pas ? Ce serait si simple. Nous sommes allés nous jeter dans la gueule du loup, continue-t-il.

— Il y a au moins deux raisons pour lesquelles il ne le fera pas. Il possède déjà votre ADN complet depuis votre confrontation lors de l'incendie de forêt et il vous a clairement dit qu'il avait besoin de vous pour être « ses petits généraux ». Même si nous ne savons pas encore ce que cela signifie, il est clair qu'il a des projets précis vous concernant. Il n'est pas question que vous soyez manipulables à souhait, il faut que vous soyez capables de rester maîtres de vous-mêmes, vous n'avez aucune chance de réussir si vous ne gardez pas la tête froide. Individuellement, vous n'en avez pas les moyens, mais à quatre vous serez bien plus puissants et, en optimisant les qualités de chacun, vous serez l'arme fatale. Je vous laisse découvrir…, conclut-il.

*
* *

À ce moment précis, l'énorme édifice dans lequel nous nous trouvons est devenu de plus en plus dense, tout en nous aspirant vers le sommet, comme dans une sorte de vis sans fin. Je suis habitué aux déplacements accélérés et à la sensation de ne plus avoir de corps. Nous les avons testés avec l'ascenseur-téléporteur. J'ai aussi appris à laisser mon corps pour aller dans un autre espace quand je vais occuper un clone de Lexhil, mais là, c'est complètement différent.

Après la sensation d'avoir été propulsé comme un boulet par un immense canon, je flotte délicieusement. Je ne suis pas dans l'espace, je suis l'espace ! C'est grandiose et éblouissant à la fois, j'ai le sentiment d'être infini, léger, sans contrainte et incroyablement lumineux. Je perçois avec une acuité sensorielle totale tout ce qui m'entoure. Un ressenti extraordinaire : l'impression d'être l'univers dans sa totalité ! Tout est immense, fluide, limpide, noir, mais j'y vois aussi clair qu'en plein jour, rien de comparable avec le noir terrestre. Magnifique. Puis, j'ai la sensation d'être plus grand encore que cet espace. D'être encore au-delà. J'admire sans retenue, exalté par ce spectacle sans nom. À présent, je distingue une sorte de voile partout autour de moi alors que, moi-même, je ne suis plus qu'une simple unité énergétique. Enfin, tout se stabilise et peu à peu je ressens l'unité avec les autres. Unité, ce mot à lui seul ne peut expliquer ce phénomène. Nous ne sommes pas réunis dans un même corps physique comme l'ont fait Tristan ou Tulay, c'est bien plus subtil que cela ; ici, il n'y a rien de dense. Nous sommes comme une seule et même goutte dans l'océan, une goutte énergétique dans une mer d'énergie pure.

Nous sommes infinis et l'avons toujours été. Cette pensée, surgie de nulle part et couplée à une joie profonde, nous propulse encore plus loin dans une sorte d'inaltérabilité totale. Tout semble être et avoir toujours été, et, l'espace de quelques secondes, je sais que nous ne sommes plus une goutte, mais la mer d'énergie elle-même.

Sans nous laisser le temps de jouir pleinement de ce bonheur absolu, la vis se remet en marche et nous ramène vers la densité terrestre.

Désarçonnés, nous nous retrouvons coincés dans nos quatre corps distincts. Bien qu'il s'agisse de ce que j'ai toujours considéré comme étant moi, j'éprouve le même désagrément que lorsque j'investis un des clones de Lexhil. À cette pensée, nous avons simultanément un frisson d'horreur. Atterré, Cerdish se retourne vers Firstub qui attend patiemment nos réactions :

— Mais qui sommes-nous donc vraiment ? Sommes-nous les modèles que Lexhil a utilisés pour générer ses clones, ou des clones de Lexhil ?

— Vous n'êtes pas les modèles de Lexhil, mais vous n'êtes pas non plus des clones. Vous venez de découvrir que vous êtes une seule et même unité énergétique. Ce seul fait a inscrit profondément en vous des connexions qui s'activeront chaque fois que cela sera nécessaire. Vous n'aurez pas besoin de verbaliser vos pensées comme dans un brainstorming, vous aurez la capacité de penser, de déduire et de réagir ensemble à une vitesse bien supérieure à tout ce que vous connaissez. Mais votre force résidera surtout dans le fait que vous venez d'être individualisés dans vos meilleures compétences.

— L'unité, ça va, j'ai compris, mais « individualisés dans nos meilleures compétences », c'est franchement opaque, reprend Cerdish en articulant chaque syllabe comme si son cerveau, si rapide il y a à peine quelques minutes, manquait subitement de carburant.

— Le temps presse. Après avoir constaté que vous aviez chacun des facilités dans des domaines différents, nous avons décidé de les valoriser. L'unité fera le reste, du moins, nous l'espérons.

— Nous sommes de la même essence, mais finalement assez différents. C'est étrange, c'est comme si on était les morceaux séparés d'un puzzle, dis-je pensivement.

Les autres opinent de la tête, je n'ai fait que verbaliser une pensée commune. Il faudra nous y faire… à présent, nous pensons à l'unisson.

4 – *Transmission*

Après cette expérience plus que troublante, j'ai enfin admis que notre présence ici tous les quatre représentait un point clé que rien ne devait perturber. Tout a été mis en œuvre pour que nous puissions atteindre ce point. Parallèlement, je comprends que cela signifie que c'est maintenant que tout commence, mais également que le rôle de mamie Line est peut-être terminé, car il est clair à présent que c'est elle qui nous a guidés jusqu'à maintenant. Un pincement me tiraille côté cœur.

La journée a été brève, la nuit est tombée ; il est vrai qu'ici, le temps ne s'écoule pas de la même façon que chez nous. Peu gênés par ce fait, les autres ont déjà pris possession des nattes que Firstub a matérialisées. Je n'ai pas vraiment envie de dormir, mais après toutes ces émotions, j'apprécie de faire une pause. Dormir à la belle étoile au mois de novembre n'est jamais qu'une bizarrerie de plus. Chez Firstub, le mot saison ne doit pas avoir de sens, car il fait aussi doux que chez nous au cœur de l'été. Les yeux mi-clos, mon regard se fixe sur un point lumineux qui semble fuir vers l'infini à une vitesse vertigineuse. Je reconnais cette drôle de sensation, un sourire plane sur mes lèvres. Je sais que je m'enfonce doucement pour une longue nuit de sommeil.

*
* *

— Cédric, il est temps de te lever, nous sommes tous prêts.

— Ne le secoue pas comme ça, Cedrik, il a travaillé cette nuit, intervient Firstub un peu sèchement.

— Oh, excuse-moi, c'est vrai que tu as une sale tête. Tu travailles en dormant ! me taquine-t-il, un peu gêné.

— C'est un peu ça, répond Firstub se tournant vers moi. Raconte-nous, j'ai hâte de savoir si tout fonctionne, ajoute-t-il avec sollicitude.

Il s'est installé en tailleur à côté de moi. Les autres, un peu bousculés d'avoir été quelque peu rabroués, suivent son exemple en m'observant curieusement, comme si je revenais d'un voyage extraordinaire. Devant mon air incrédule, Cedrych se tourne vers Firstub :

— Tu es sûr ? Il a plutôt l'air d'un gars qui a pris une bonne cuite et qui a passablement du mal à s'en remettre, il n'arrive même pas à se relever !

— Laissez-lui le temps de revenir parmi nous et de reprendre ses esprits.

Je m'assieds, mais bon sang, je ne sais pas ce dont parle Firstub et j'ai la tête en deux, voire en trois dimensions. Mes yeux poussent autant qu'ils le peuvent pour s'extirper de leur orbite et le marteau qui harcèle mes tempes depuis que j'ai péniblement ouvert un œil reprend de plus belle sa danse frénétique. La voix pâteuse, je me tourne vers Firstub en plaquant mes mains sur mes oreilles :

— Mal…

Sans répondre, il intervient en quelques secondes et je me sens frais comme la rosée au lever du jour.

— Merci, excuse-moi, mais je ne vois pas à quoi tu fais allusion… J'ai juste rêvé de Tulay et dormi comme vous tous, je pense.

— Attends, ne raconte pas n'importe quoi. On est tous debout depuis plus d'une heure et on s'est tous réveillés en pleine forme. Vu ta tête, tu nous caches quelque chose.

— C'est quoi, ce traquenard ? Je vous dis que j'ai juste rêvé de Tulay. Je me suis endormi avec une espèce d'angoisse à l'idée de ne plus la revoir et puis là, je l'ai vue, sur l'esplanade de La Défense, elle courait au milieu d'une foule de gens. Ils avaient tous l'air complètement affolés. C'était une vraie débandade. Je crois bien que j'ai crié et puis bah, comme dans tous les rêves, c'est un peu décousu parce que, après, je courais avec eux, les gens se bousculaient, les sirènes hurlaient et j'essayais de rattraper Tulay, mais la foule l'a engloutie et je l'ai cherchée partout au milieu de ce capharnaüm, toute la nuit.

À ce moment-là, une douleur aussi violente que fugace vrille la partie droite de ma tête et un flash lumineux rouge m'éblouit. J'attrape de nouveau ma tête à deux mains, Firstub intervient immédiatement.

— Mais qu'est-ce qui lui arrive ? demande Cedrych, visiblement inquiet.

— Il n'a pas vraiment rêvé ce qu'il vient de nous rapporter. Je vous ai expliqué, hier, que Tulay allait travailler la communication mentale. Elle a effectué un exercice de transmission depuis Paris…

— Attends, je ne comprends pas. Si ce n'est qu'un exercice, pourquoi c'est un rêve pour Cédric, et pourquoi intervient-il dans ce rêve ? l'interrompt Cerdish.

— Je pense que Tulay a bien réussi à transmettre ce qu'elle voulait. C'est Cédric qui n'a pas réagi comme nous l'attendions. Il est probable que, seul, le début de son rêve corresponde aux blocs de pensées-images qu'a envoyés Tulay, ensuite Cédric a dû utiliser un canal pour entrer en symbiose avec le Cédric virtuel qui est en fonction en son absence à Paris. Ça explique son épuisement et les maux de tête qui risquent de se manifester jusqu'à ce que lui et Tulay harmonisent leurs transmissions.

— Mais pourquoi Cédric et pas nous ? Tulays, c'est bien quatre personnes différentes, non ? demande Cedrik en déglutissant bruyamment.

Un regard circulaire et je ressens un sentiment étrange où se mêlent incompréhension et inquiétude. Ils sont tous les trois tendus, le regard fixé sur Firstub, dans l'attente de la seule réponse possible à leurs yeux. Je me sens vide et perdu en même temps, malgré la fatigue, je comprends confusément que je suis à l'écart. Firstub reste très serein, sa réponse se veut rassurante :

— Contrairement à vous, Tulay n'est pas en permanence quatre personnes distinctes…

Il lève la main afin de calmer immédiatement Cedrik qui ouvrait déjà la bouche pour répondre.

— Elle est une seule et même personne qui peut, en fonction des besoins, être une ou quatre fois la même, comme c'est le cas pour Tristan et moi-même. En ce moment, ce qui lui est enseigné est extrêmement difficile à réaliser, il lui faut réunir tout son potentiel pour réussir. Je ne savais pas, avant ce matin, lequel de vous quatre serait le premier récepteur. Ce n'est pas un choix de notre part, c'est la « spongiosité » de Cédric qui fait qu'il a été la cible. Avant que tu ne t'énerves, Cédric, je te rappelle que chacun de vous quatre a des particularités qui lui sont propres. Fermer ton mental te demande beaucoup plus de concentration que pour Cerdish, Cedrych et Cedrik. Il n'est pas étonnant que ce soit toi qui aies capté les blocs-pensées qu'envoyait Tulay. Je vous ai expliqué hier que vous seriez individualisés dans vos meilleures compétences. Pour ce qui est de Cédric, sa meilleure compétence est d'être un très bon récepteur. Vous n'êtes pas en reste, puisque d'ici très peu de temps, si votre harmonie cérébrale fonctionne, Cédric pourra vous transmettre tous les messages sous forme de pensées-images, une diffusion en différé si vous préférez. Est-ce que maintenant vous comprenez mieux le potentiel dont vous allez disposer ?

— Je n'aurais jamais pu imaginer un truc pareil. Ça dépasse la communication avec mamie Line, j'avais vraiment la sensation d'y être. Mamie Line m'envoyait des conseils, pas des images et encore moins des scènes.

— OK, pour Cédric c'est clair, il est le contact. Mais nous, concrètement, c'est quoi notre meilleure compétence individuelle ?

— Je ne le sais pas encore moi-même, bien que j'aie une petite idée concernant chacun de vous. C'est au fur et à mesure des événements que vous les découvrirez. Le plus important, avant que vous ne retourniez chez Lexhil, était d'être certain que nous pourrions garder le contact. Vous disposez à présent de quatre caudales dont vous pouvez décupler la puissance en combinant vos quatre cerveaux, d'une capacité de réflexion et d'analyse très supérieure à vos compétences individuelles et d'une transmission directe par images-pensées.

D'une voix lasse, j'ajoute :

— Hier soir, j'étais triste parce que je pensais que je n'entendrais certainement plus jamais mamie Line, mais j'avais encore un petit espoir. À présent, je ne vois vraiment pas ce qui justifierait qu'elle reste près de nous.

Très radouci, Firstub confirme :

— Mamie Line va prendre un repos bien mérité. (Puis, d'une voix beaucoup plus ferme) Tu dois passer à une vitesse très supérieure, il ne s'agit plus de communications verbales, mais d'échanges beaucoup plus élaborés. Ce que Tulay a transmis cette nuit n'était pas une fiction. Il y a réellement eu un mouvement de panique sur l'esplanade de La Défense.

— Tu veux dire qu'elle s'est exposée pour qu'on sache ce qu'il se passe là-bas ? dis-je, inquiet.

— Ça veut aussi dire que nous n'y retournerons pas ? Cédric n'a pas réussi à la rejoindre, est-ce qu'elle s'en est sortie ? ajoute Cerdish.

— Ne vous inquiétez pas, elle a réussi à s'en sortir, mais il y a eu plusieurs victimes uniquement dues à la panique. Non, Cédric, elle ne s'est pas exposée volontairement. Elle était en formation avec sa guide quand c'est arrivé. Elles se rendaient à La Séclya ensemble et ont été emportées dans le mouvement incontrôlable de la foule, Tulay en a profité pour faire un test grandeur nature. À présent, il va falloir sérieusement que nous avancions de notre côté, nous avons encore un certain nombre de points à régler.

5 – *Comme des fourmis*

« C'est carrément géant, mais, en fait, tout ce que nous vivons montre surtout que nous n'avons pas vraiment le choix. J'en conclus que nous n'avons pas le droit de disposer du libre arbitre, de choisir notre vie.

— Les parents laissent-ils leurs enfants sans guidance tant qu'ils n'ont pas suffisamment de connaissance de la vie pour faire leurs propres choix ? Il en allait de même pour vous, nous étions chargés de mettre en place les jalons nécessaires à votre autonomie. À présent, vous avez suffisamment conscience de ce qui se passe, vous savez que ce qui vous est demandé est un investissement personnel énorme. Vous ne pourrez accomplir ce que vous avez accepté que si votre engagement est total, sans le moindre doute, sans la moindre arrière-pensée et avec une confiance absolue les uns envers les autres. Tout doit être clair pour vous. Nous pouvons encore passer en revue tout ce que vous désirez, car c'est aujourd'hui que vous allez prendre votre décision. Vous pourrez utiliser votre libre arbitre et déciderez, en pleine conscience, d'arrêter et de reprendre votre vie, chacun de votre côté – nous veillerons à nettoyer vos mémoires pour que vous ne soyez pas minés par les remords –, ou de poursuivre avec une détermination totale.

— Mais, comment peux-tu dire une chose pareille !? Si nous arrêtons, Lexhil va anéantir la Terre, il me semble, répond Cerdish, franchement irrité.

— C'est une éventualité, pas une certitude. Tous les scénarios existent, y compris ceux où vous décidez de mettre fin à votre engagement aujourd'hui.

— Arrgh, je n'y comprends rien. Pour moi, les choses sont ou ne sont pas », dis-je en bougonnant.

— Stop là ! Dans notre cas, ça ne colle pas. On ne peut pas rester là à tergiverser sur le thème « j'y vais, j'y vais pas » parce que pendant ce temps-là, Lexhil fonce ! Il est peut-être déjà trop tard, et je vous rappelle que Tulay s'est engagée à fond, nous interrompt Cedrik.

Se tournant vers lui, Firstub continue :

— Non, ta vision est fausse parce que tu raisonnes comme si tout était complètement linéaire. Dans la réalité absolue, tout existe en même temps : le passé, le présent, le futur. Je devrais même dire : les passés, les présents, les futurs. Dans votre réalité, vous n'avez conscience que d'une seule version. Pour nous, c'est différent, nous savons que le temps et l'espace sont des concepts qui appartiennent à votre réalité, pas à la nôtre.

Suppliant, Cedrik reprend :

— Firstub, c'est très intéressant tout ça, mais pendant que nous sommes là à discuter, que se passe-t-il pour Tulay et la Terre ? Le rêve de Cédric ne parlait pas de concepts, mais de faits !

— Il ne s'est quasiment rien passé de plus depuis la transmission de Tulay, pour une raison majeure : ici, l'espace-temps n'existe pas. Vous êtes chez moi et j'ai le pouvoir de déterminer toutes les constantes, y compris celles qui concernent les notions de temps et d'espace. Depuis que nous sommes arrivés ici, il s'est écoulé moins d'une demi-journée sur Terre, répond tranquillement Firstub.

Nous le regardons, complètement éberlués.

J'avais intégré que le temps était différent dans l'espace de Lexhil. Ça ne me dérangeait pas vraiment, parce que cela concernait tout ce qui vivait dans son espace. Moi, qui ne faisais qu'y passer, je ne me sentais pas touché par ce rythme temporel. Là, c'est différent, il s'agit de mon propre temps physiologique. Je suis ici avec mon vrai corps, enfin, je le crois.

— Tu veux dire que nous sommes comme dans… comme dans une sorte de trou noir du temps ? tente d'analyser Cedrych.

— C'est une vision intéressante, mais pour ce qui vous concerne, il s'agirait plutôt d'une mise entre parenthèses de votre temps tel que vous le concevez, explique Firstub.

— On peut rester longtemps comme cela, en quelque sorte au ralenti ?

— Pour vous, ce n'est pas vraiment souhaitable, car même si l'écoulement du temps est extrêmement lent ici, il persistera un décalage temporel lors de votre retour.

— On va être déphasés ? dis-je, inquiet.

— De toute façon, ça ne nous changera pas beaucoup ! J'ai franchement l'impression de vivre en parallèle du monde depuis juillet, rétorque Cedrych.

— Je suis tout à fait d'accord, et plus vite nous comprendrons ce que Firstub veut nous enseigner, plus vite nous pouvons espérer retrouver une vie « normale ». Alors, on continue ! annonce autoritairement Cedrik, de plus en plus rongé par l'inaction.

Nous nous sommes tournés vers Firstub.

— Pendant que nous y sommes, il y a autre chose que je ne comprends pas. Lorsque j'étais chez Lexhil, juste après être entré dans le grand tunnel, j'ai ressenti une décharge électrique dans tout mon corps et j'ai eu la sensation que ma partie physique m'avait rejoint. Est-ce vraiment ce qu'il s'est passé ?

— Absolument pas, vous avez juste perçu le fait que vous êtes plus grand que votre enveloppe. En fonction de vos besoins énergétiques, vous pouvez mobiliser des ressources qui restent habituellement latentes, c'est la caudale qui vous le permet. Elle vous offre bien d'autres possibilités que vous découvrirez à l'usage.

— Oh là ! Ça se complique. Alors nous ne sommes pas seulement en quatre parties, nous pouvons aussi aller chercher de l'énergie ailleurs ?

Firstub arbore un sourire énigmatique puis, après un bref temps de réflexion, il explique :

— Cela dépend de la conscience que vous avez de ce qu'est l'univers, et tout le reste. La caudale est extrêmement puissante, pour l'instant vous l'utilisez à minima. Plus vous développerez votre conscience, plus vous découvrirez son potentiel.

— Pour moi, l'univers c'est tout et rien. En fait, je n'arrive pas à me représenter ce que ça peut être, ni ce que vous êtes. Depuis que je vous connais, je n'ai plus aucun repère. Avant, c'était déjà pas simple parce que je me doutais qu'il y avait autre chose, puisque je communiquais avec mamie Line et que j'étais le seul à l'entendre, maintenant je suis carrément perdu.

Les autres ont l'air aussi perplexe que moi.

— C'est une réponse tout à fait compréhensible. Acceptez-vous l'idée que nous ayons tous la même origine ?

— Ben pour nous, ça ne fait aucun doute : on se ressemble comme des jumeaux, même si nous avons visiblement des aptitudes différentes. Pour les humains communs, enfin normaux, que tous les peuples de la Terre aient un ancêtre unique, j'ai déjà un peu de mal, mais ça me semble crédible. Par contre, en ce qui vous concerne, je n'y arrive pas, vous êtes beaucoup trop étranges.

— Et pourtant ça l'est. Votre problème vient du fait que vous ne voyez les choses qu'à partir de votre point de vue. Pour comprendre, il va falloir imaginer que vous observez le monde de beaucoup plus loin dans l'espace.

— Alors toi et nous, c'est… pareil, enfin je veux dire… Ah ! C'est trop confus dans ma tête, je n'arrive pas à m'expliquer.

Firstub sourit avec compassion et reprend :

— Vous prenez conscience de notions de plus en plus élaborées, c'est forcément très complexe. Imaginez une fourmi qui aurait vaguement la sensation de la présence de l'homme sur Terre. Elle aurait l'impression que quelque chose d'incroyablement immense pour elle existe, mais serait incapable de le décrire avec précision. Le peu qu'elle parviendrait à conceptualiser concernerait essentiellement des perceptions sensorielles externes. Elle ne pourrait en aucun cas concevoir nos organes internes et encore moins le nombre d'humains existant ainsi que toutes leurs compétences. Imaginer que la Terre est une planète et qu'il en existe d'autres leur est totalement inaccessible.

— Évidemment, vu sous cet angle…

— En fait, je comprends que vous et nous, c'est pareil, mais peut-être à des stades d'évolution différents. Je me trompe ?

— C'est une interprétation assez correcte.

Cedrik reprend :

— Pour nous, c'est un peu comme pour les fourmis, n'est-ce pas ? On a du mal à concevoir ce que nous n'avons pas expérimenté et encore moins ce dont nous n'avons jamais entendu parler, car notre champ conceptuel est beaucoup trop restreint par rapport au vôtre ?

— Oui, il existe en effet une multitude d'espaces dont la plupart des humains n'ont même pas idée.

— C'est certain que si je racontais à mes amis ce que j'ai vu et vécu chez Lexhil, ils ne parviendraient pas à me croire. Pourtant, ces mondes-là, nous les avons bien concrètement ressentis. Ils sont vrais.

— Ils sont aussi réels que cette plage.

— Cette plage, c'est toi qui l'as créée, n'est-ce pas ?

Firstub acquiesce de la tête.

— Elle n'existe que pour nous, dans quelle mesure est-elle vraiment réelle ?

— Imaginons que tu sois un ermite qui vit au fin fond d'une forêt inaccessible. Tu imagines un abri pour te protéger des prédateurs. Tu crées cette construction d'abord dans ta tête, puis tu choisis un endroit adapté et tu la rends physiquement vraie en la construisant avec les matériaux dont tu disposes. Personne ne la verra jamais, pourtant elle est bien réelle pour toi et tu l'utilises tous les jours. C'est le même phénomène pour cette plage, je l'ai imaginée, puis avec mes moyens, je l'ai rendue réelle et concrète pour moi, pour y vivre et pouvoir travailler avec vous sans que nous soyons dérangés, absolument aucun de vos semblables ne peut y accéder parce que je l'ai voulu ainsi… La Terre, avec tout ce qui s'y déroule à chaque instant, est créée de la même manière.

— ????

— C'est très surprenant et pourtant c'est assez simple à comprendre. Réfléchissez bien, chaque situation vécue est le résultat d'une multitude d'événements générés par chacun de nous.

Il se tait, nous laissant comprendre le sens de sa phrase. C'est Cerdish qui réagit le premier.

— Waouh, c'est énorme ! Je n'avais jamais envisagé ma vie sous cet angle. C'est vrai que quand je suis mal luné, tout va de travers, et quelque part c'est ma façon de voir les choses qui crée mes problèmes.

— Excuse-moi, mais là, je ne te suis pas du tout, dis-je, complètement largué.

— Mais si, je vais faire simple, tu vas comprendre. Quand je suis mal luné, j'interprète tout négativement, du coup j'ai un comportement agressif, je ne vois que les défauts des autres et, de fil en aiguille, je communique cette tension à tout mon environnement par le ton de mes réponses et ma gestuelle. Inévitablement, les problèmes s'enchaînent, la moindre petite remarque sera mal ressentie et l'atmosphère générale étant électrique, tout va de travers.

Firstub sourit, visiblement satisfait de nos progrès.

— Oui, et c'est une réalité vérifiable qui va bien au-delà. Chaque acte que nous accomplissons a des conséquences, que nous le voulions ou pas, et des réactions en chaîne se mettent en place. Souvent, elles nous échappent sans que nous en ayons conscience et nous serions surpris de constater à quel point un petit geste qui nous semblait insignifiant a provoqué de grands effets. Pour le sujet qui nous intéresse, c'est la même règle qui s'applique, chacun construit son univers dans l'univers et pense que tout existe uniquement sous son angle de vision.

— Attends ! À un niveau personnel, je comprends. Je choisis mon lieu de vie, je l'aménage comme je le désire, donc je crée mon petit univers, comme tu dis. Pour les événements responsables d'actes éloignés, je comprends aussi si je compare ton raisonnement à Facebook sur lequel j'envoie un message : il m'échappe complètement et peut amener des situations auxquelles je n'aurais même pas songé, mais dont je suis l'instigateur involontaire. Pour Lexhil, tu n'es pas en train d'essayer de nous dire qu'il a généré sa dimension et tout ce qu'elle contient ? Ce qui signifierait qu'elle n'existait pas avant lui et n'existerait pas sans lui, mais que le seul fait qu'il l'ait créée la rend réelle. En gros, c'est ça ? développe Cedrych.

— Oui, c'est exactement cela et son univers est en expansion permanente. Il est à l'image de la conscience qu'il a de sa grandeur.

— Est-ce qu'il pourrait comprimer notre espace ?

— Vous considérez que vous êtes dans un espace fini et il le sait. À partir de là, s'il utilise cette idée de la bonne manière, il peut le faire.

— Tu veux dire nous phagocyter… En fait, nous absorber, c'est ça, n'est-ce pas ?

— Oui, c'est en quelque sorte ce qu'il compte faire, utiliser vos croyances et surtout vos peurs pour vous soumettre à ses propres croyances et utiliser les humains à ses fins. C'est la raison pour laquelle vous êtes si importants pour lui… ses généraux mentaux. À travers vous, il a accès au niveau d'évolution global des Terriens.

— Pourquoi tu ne nous l'as pas dit dès le début ? demande Cedrik, exaspéré.

— L'auriez-vous simplement entendu ? N'auriez-vous pas crié : « c'est du grand n'importe quoi, ça n'existe pas. Tout le monde le saurait si c'était vrai… »

— Pfff, on est comme les fourmis. Si on ne le voit pas, on n'y croit pas ! dis-je.

— Qu'est-ce qu'on est prétentieux ! réalise Cerdish.

— Je me sens à nouveau tout petit et vulnérable, dis-je, à peu près aussi piteux qu'un soufflé au fromage dégonflé.

— Au contraire, vous venez de prendre conscience d'un élément essentiel pour réussir.

— ????

— Vous venez de comprendre que la façon dont vous percevez tout ce qui vous entoure détermine votre milieu. C'est-à-dire que votre mental est votre arme la plus puissante qui soit et qu'il est composé de quatre cerveaux disposant chacun d'une compétence particulière. Si vous savez utiliser cela de manière optimale, vous êtes quasiment invincibles.

— Tu veux dire que tout va dépendre de notre interprétation des événements et en particulier de ceux qui sont en rapport avec Lexhil.

— Vous devez avoir une certitude absolue de votre force et de votre réussite, et garder ce cap en toutes circonstances. Être quatre sera essentiel pour ne pas plonger, face à la puissance mentale de Lexhil. Les forces que vous craignez ne sont rien à côté de ses capacités à manipuler ses adversaires. S'il parvient à faire de vous ses marionnettes, il atteindra l'ensemble des Terriens.

— Même si je ne comprends toujours pas comment tout cela est possible, je perçois mieux pourquoi nous devons être quatre et pourquoi nous devons avoir une confiance inébranlable les uns envers les autres.

— Que devons-nous faire maintenant ?

— Retourner là-bas.

— Et ?

— Et faire ce que vous avez toujours fait, c'est-à-dire agir de la manière la plus adaptée en fonction de ce que vous ressentez.

— On n'a jamais fait ça ! réplique Cedrik.

— Qu'avez-vous fait pour vaincre l'incendie ou pour revenir de chez Lexhil en ramenant Tulay avec vous ? Vous avez agi de la manière la plus adaptée en fonction de ce que vous ressentiez. C'est simple, vous y retournez et vous agirez au mieux avec un avantage certain : vous êtes quatre contre un, avec un objectif unique. Je ne peux pas vous garder plus longtemps au ralenti. Il est temps.

6 – Qalkulovitch

Le paysage s'est dissipé, la forêt s'est estompée. Habitués, nous nous sommes spontanément pris par la main. Je me sens à nouveau aspiré, puis la sensation de lourdeur revient et je réintègre avec un fort désagrément ce corps de clone que je croyais avoir définitivement quitté il y a à peine quelques jours. Je sonde les autres :

— *Nous voilà revenus à notre point de départ... Lexhil va nous massacrer !*

— *Pas de panique, notre retour est différent. Nous ne sommes pas aux champs dans un nouveau clone, mais dans nos chambres, exactement dans la position que nous avions au départ.*

— *Exact, comment ça se fait ?*

— *Je pense avoir une explication, réfléchit Cerdish. Je vous rappelle qu'ici le temps s'écoule beaucoup plus vite que chez nous. Notre petite escapade est sans doute passée inaperçue, car si les clones prennent un an de chez nous toutes les semaines d'ici, alors notre absence d'à peine deux jours chez nous ne correspond qu'à quelques fractions de seconde lexhiliennes, et il y a fort à parier que Lexhil n'a pas les yeux braqués sur nous vingt-quatre heures sur vingt-quatre.*

— *Quand bien même ce serait le cas, nous avions l'air de dormir et vu qu'il n'y a rien d'autre à faire dans cette pièce, nous aurions pu être absents bien plus longtemps sans qu'il s'en rende compte, tant qu'il ne nous demande pas d'aller le voir. Enfin, il ne nous reste qu'à espérer que cette théorie du temps est correcte, mais franchement, sur ce point, Firstub est plutôt avare en informations.*

— *Il n'en sait peut-être pas plus que nous, conclut Cedrik, quelque peu désabusé.*

— *Moi, j'en sais plus.*

La voix de Qalkulovitch nous laisse stupéfaits. Un lourd silence s'installe. Mon cerveau tourne à une vitesse hallucinante. Qalkulovitch ! Qalkulovitch est ici ! Il entend toutes nos conversations mentales. Qalkulovitch a été absorbé. Qui est-il vraiment, maintenant ? Je suis là, allongé sur ce lit inconfortable, paralysé. Je tente désespérément de contenir le flot de mes pensées. Firstub nous a dit de fermer notre mental… Comment ? Ai-je bien tout verrouillé ? Je ne peux plus communiquer avec les autres. C'est le silence total. Plus d'échange. Ils sont parvenus à maîtriser l'émission de leurs pensées. Fixer mon attention sur quelque chose d'anodin. Le mur. Sans intérêt. Mon corps… c'est même pas le mien ! Reste la respiration. J'inspire, un, deux, lentement, trois, quatre, cinq. J'expire, un, deux, trois, ralentis, quatre, cinq. J'inspire, un, deux…

— *Excusez-moi, je suis vraiment désolé de vous avoir fait peur. Je sais que vous m'avez entendu, sinon vous n'auriez pas immédiatement fermé toute communication... Je suis prisonnier, comme vous. Je suis dans la même pièce que vous, mais dans un troisième espace. Je suis arrivé ici bien avant vous. Jusqu'à aujourd'hui, je pouvais vous entendre, mais pas communiquer. J'ai essayé à plusieurs reprises, mais vous continuiez sans vous soucier de moi. Vous ne m'entendiez donc pas. Je ne peux que vous demander de me faire confiance, car je n'ai aucune preuve à vous fournir. Je peux cependant partager avec vous tout ce que je sais. Mon seul but est de libérer la Terre.*

Sa voix se veut convaincante mais, bien que je le sente soulagé d'avoir réussi à entrer en contact avec nous, une pointe d'inquiétude colore ses propos. Cerdish décide de rompre le silence :

— *En effet, nous n'avons aucune raison de te faire confiance. Tu pourrais déjà nous expliquer pourquoi tu allais à La Séclya la nuit où tu as été agressé par Lexhil.*

— *Ce soir-là, j'étais invité à une soirée avec des amis. Mademoiselle Steuping était là aussi. Au cours de la soirée, j'ai surpris une conversation entre elle et un individu que je n'avais jamais vu auparavant. Elle l'informait que les fichiers concernant les principaux dirigeants de la planète allaient être parasités au cours du week-end, avant le début des sauvegardes officielles prévues par monsieur Balson dès le lundi matin. Je savais que ces informations étaient stockées dans mes données. Je n'ai pas hésité, je me suis rendu immédiatement à La Séclya. Sur place, j'ai tronqué les informations afin de les rendre inutilisables, mais au préalable, je les ai enregistrées dans ma mémoire pour pouvoir les restituer le lundi matin.* (Il continue, avec une pointe de fierté) *C'est mon point fort, j'ai une mémoire prodigieuse, il me suffit de lire pour mémoriser. Après ce travail de sabotage, j'ai tout remis en place. Je m'apprêtais à rentrer chez moi, quand trois individus m'ont barré le passage. Sur le coup, j'ai pensé que j'avais mal fermé la porte de sécurité derrière moi. Mais quand je me suis effondré, couvert de sang, sur le sol, j'ai reconnu la voix de mademoiselle Steuping qui disait : « C'est bon, il a son compte et nous n'avons plus le temps. Il faut déguerpir et vite. » Ils m'ont laissé comme mort. Ils avaient dû me suivre quand j'ai quitté la soirée.*

— *Bon sang, que tu es stupide ! Ça sentait la manipulation à des kilomètres. C'est évident, mademoiselle Steuping s'est arrangée pour que tu entendes cette information et que tu te précipites sur place. Je suppose qu'en plus tu leur as livré les données décryptées.*

Penaud, Qalkulovitch reprend, hésitant :

— *Non, d'ailleurs... Lexhil ne me les a pas demandées...* (Avec plus d'assurance, il reprend le flux de ses explications, visiblement très désireux de nous convaincre) *J'avais été choisi dans l'équipe comme étant le seul capable de retenir toutes les combinaisons d'ADN. En cas de problème, je devais mémoriser les informations, falsifier les originaux et restituer les données à monsieur Vandekhor dès que possible. J'ai appliqué la consigne à la lettre.*

— *Tu as bien dit que tu avais emmagasiné des informations concernant les principaux dirigeants. Est-ce que tu les avais encore quand Lexhil t'a absorbé définitivement ?*

— *... Oui... à moins que Tristan les ait soustraites de ma mémoire quand ils ont tenté de me sauver... Ah, bon sang ! S'il ne l'a pas fait, Lexhil les possède toutes. Étant absorbé, je pense que c'est automatique. Plus précisément, au moment de l'absorption, il a tout intégré. Je suis resté complètement vide pendant plusieurs jours durant lesquels il m'a utilisé pour terroriser les badauds et tester sa puissance.*

— *Comme tu nous as effrayés lors de l'incendie ?*

— *Non, ça, ce n'était rien. C'était un jeu d'enfant pour lui, il pénètre les mondes parallèles avec une facilité déconcertante. C'est pour avoir un impact dans notre monde à nous qu'il a besoin d'intermédiaire. Il m'a utilisé pour affiner ses expériences. D'après ce que j'ai compris, avant mon absorption, il ne pouvait influencer que des animaux à vibrations extrêmement lentes...*

— *Comme des hyènes ?* le coupe Cedrych.

— *Oui, les charognards étaient ses cibles privilégiées jusqu'à ce qu'il m'ait absorbé et...*

— *Fermez-vous tous ! Si Lexhil peut l'utiliser dans d'autres mondes parallèles, alors il le peut ici aussi.*

L'intervention autoritaire de Cedrik nous fait immédiatement prendre conscience de l'incroyable dangerosité de cette situation. À nouveau, un lourd silence s'installe. Même si Qalkulovitch est sincère, il est dangereux pour nous si Lexhil peut accéder à tout ce qu'il est, pense ou fait, voire pire. Nous ne connaissons quasiment rien sur ce que signifie réellement « être absorbé ».

Notre situation est à présent très inconfortable, car nous ne pouvons plus échanger par le canal de la pensée. Entre nous quatre, ce n'est pas un problème, Firstub a dit que nos cerveaux pensaient à l'unisson, mais, pour l'instant, je n'ai pas l'impression que cette fonction est vraiment active. Quant à communiquer avec Tulay, il ne nous reste que mes rêves. Je me sens incroyablement mal. Pris au piège à l'intérieur de mon propre mental que je dois garder sous contrôle permanent afin que Qalkulovitch ne puisse pas accéder à mes pensées. Un défi impossible ! Après quelques minutes dans cet état de tension intolérable, je sens comme si une communication se faisait directement en moi. Concentré à l'extrême pour ne rien lâcher, j'ai bandé tous mes muscles au point d'en avoir des crampes dans les jambes. Je n'arriverai jamais à résister ! Ce n'est pas une voix qui me parle, mais... On dirait plutôt une pensée qui raisonne avec moi. Waouh, elle répond à chacun de mes arguments à l'intérieur ! C'est exactement comme mon éternel discours interne, sauf que là, je ne suis plus seul… je suis… Bon sang ! Je suis quatre dans ma tête !

« Pour moi, c'est pareil ! »

Cette réponse a résonné en triple exemplaire. Ouch, il faut se rendre à l'évidence, nos cerveaux ne font plus qu'un, plus intimement encore que chez Barzok ou chez Firstub !

Un sourire flotte sur mon visage, peut-être aussi sur celui de mes trois alter ego. Je ne peux m'empêcher de constater que c'était déjà difficile de me contrôler quand j'étais seul, envahi par mes pensées anarchiques, mais à quatre ! Va y avoir de l'embouteillage ! C'est sûrement la communication instantanée dont nous a parlé Firstub.

7 – Révélation

J e n'ai pas à me débattre trop longtemps avec ce problème, deux clones aux bonnets bleus pénètrent dans la chambre. Un gros bloc de pensées se forme au creux de ma cervelle :

« On dirait que notre silence perturbe Lexhil ! »

Cerdish s'est redressé. Avec son fair-play habituel et très anglais, il s'adresse aux petits clones :

— Serait-ce l'heure du repas ?

— Non, nous devons tous vous conduire devant le maître, répond très révérencieusement le plus grand des deux.

« Aïe, une confrontation directe. Il va falloir se concentrer au maximum pour contrôler nos cerveaux. »

Nous nous levons et, chacun testant ses capacités d'autocontrôle, nous sortons dans le couloir.

C'est à ce moment précis que mes barrières, et peut-être aussi celles des autres, explosent. Dans ce couloir, toujours aussi lugubres, six palpeuses attendent, tenant en respect un Qalkulovitch plutôt piteux.

— Qu'est-ce que vous faites ici ? bafouille de surprise Cerdish.

— Lexhil veut nous rencontrer ensemble, répond-il, très tendu.

— Tu sembles bien informé, lui répond vertement Cedrik.

La palpeuse la plus proche de moi s'est mise à faire l'autofocus tous azimuts avec ses globes oculaires et à émettre un sifflement strident qui nous a immédiatement enlevé toute velléité de communication. C'est fou ce que la garde rapprochée de Lexhil peut être efficace ! Je me sens comme un poisson pris au piège dans une nasse. La panique intérieure m'envahit d'autant plus que les autres semblent avoir parfaitement maîtrisé leur mental : c'est le silence total, je pense tout seul. J'essaye de me concentrer au maximum, mais je sens bien que tous mes poils sont hérissés et que le tremblement de mes mains trahit mon anxiété grandissante. Je fixe mon regard sur les deux pieds de Qalkulovitch, juste devant moi. Notre convoi avance lugubrement à travers le dédale de tunnels gris béton qui s'enfoncent dans les profondeurs. Au fur et à mesure que nous descendons, par ce chemin jusqu'alors inconnu pour nous, nous rencontrons des groupes de plus en plus compacts de petites palpeuses qui se déplacent au-dessus de nos têtes. Un rapide coup d'œil me permet de constater que ce sont surtout des sphères couvertes d'yeux. Ce doit être un système de surveillance renforcé, version Lexhil. Les couloirs sont éclairés d'une lumière crue, éblouissante, provenant de rainures horizontales creusées de part et d'autre à la hauteur de nos yeux. Elle nous oblige à baisser la tête pour ne pas être aveuglés.

Nous arrivons devant une énorme porte blindée. Je me demande bien à quoi elle peut servir, vu qu'aucun individu non invité ne peut arriver jusque-là en passant inaperçu ! C'est vraiment un grand parano… Notre colonne s'arrête. Instinctivement, nous redressons tous la tête. Sans que personne ne l'ait manipulée, la porte s'ouvre, découvrant une salle aussi immense en largeur qu'en hauteur. Elle est complètement semblable à la salle du grand conseil de Barzok par ses dimensions et ses formes géométriques, mais l'effet qu'elle produit sur nous est totalement différent, tant elle est noire et lugubre. Ici, ce n'est pas l'émerveillement que je ressens, mais plutôt la sinistrose. J'ai la gorge complètement nouée et les tripes retournées. Les majestueux piliers de la salle du grand conseil sont ici d'énormes colonnes en granit noir, lourd et mal taillé. Le plafond doit culminer à la même hauteur, mais il est si sombre que j'ai la sensation d'être enfermé dans un immense caveau. Je déglutis douloureusement, j'ai la gorge encore plus sèche que lors de mon cauchemar saharien. La table, derrière laquelle est royalement installé Lexhil, n'a que ses dimensions en commun avec la majestueuse table de la salle G. En son centre, un tourbillon se creuse et laisse sortir un gaz nauséabond et irritant.

Nous nous mettons tous à tousser comme des tuberculeux du siècle dernier, ce qui a pour effet de faire tomber ce qu'il restait de nos barrières.

Satisfait, Lexhil persifle :

— Pas très efficace, votre système de protection. Restez donc debout, vous respirerez plus à votre aise.

— *J'ai la gorge en feu...*

— Inutile de communiquer mentalement ! Face à moi, vous êtes transparents comme du verre. Vous êtes ici pour recevoir vos ordres. Je vous ai prévenus, vous allez retourner d'où vous venez, mais conditionnés pour agir pour Moi... mes petits serviteurs.

Je me sens complètement vide. Nous sommes démunis. Il sait tout. Une sorte d'apathie à la limite de la dépression prend possession de notre unité. D'ailleurs, que sommes-nous vraiment ? Des pantins manipulés par deux forces qui jouent aux échecs sur le grand échiquier terrestre. La noirceur de la salle est entrée en nous sans rencontrer la moindre résistance. Nous n'avons plus aucun repère. Les mots Terre, humain, bonheur, amour, liberté n'ont plus de sens. Un embryon de colère essaye désespérément de se frayer un passage à travers le marais visqueux de nos pensées communes, et je réalise que nous pensons à nouveau à l'unisson. Cette fois-ci, c'est une vague lueur d'espoir qui essaye de se manifester, immédiatement foulée au pied par les propos venimeux de Lexhil.

— Lorsque j'ai sondé le mental de Cerdish, j'ai découvert que vous aviez certaines dispositions... Un certain pouvoir caudal !

Le sang a déserté mon corps aussi rapidement que si on avait tranché mes jugulaires.

— Je vois que vous espériez me duper ! Cette particularité est normalement réservée aux êtres de la race supérieure. C'est absolument parfait, ces imbéciles m'envoient des armes absolues, des petits clones, certes équipés d'une caudale, mais complètement dépourvus de la moindre résistance mentale et sans la plus petite intelligence militaire. Je vous ai observés, vos tentatives de soumission étaient puériles. Il est exact que je ne peux lire vos pensées que dans certaines situations, mais c'est sans importance. Qalkulovitch est un transmetteur absolument fidèle et vous n'avez aucun moyen de lui échapper. Il est connecté à vos cerveaux !

Il marque une pause qui nous semble durer une éternité. La seule chose qui paraît positive à cet instant est notre incapacité totale à émettre une quelconque pensée à l'intention des autres. Nous ne devons ressembler qu'à de vulgaires éponges à vaisselle absorbant tout ce fiel jusqu'à l'engorgement. Devant l'absence de réactions, il continue :

— Vous êtes mes serviteurs et je vais faire de vous mes généraux. Cédric, ma palpeuse vous a inoculé un certain nombre de marqueurs dans le sang, mais également dans le système nerveux. J'ai pu ainsi suivre tous vos faits et gestes jusqu'à ce qu'ils vous remettent en état. Enfin, qu'ils croient l'avoir fait en totalité. Ils ont négligé deux marqueurs, ce qui « nous » donne une sérieuse avance.

— Nous ? réagit immédiatement Cedrych.

Satisfait, Lexhil ménage son effet :

— Vous et moi. Vous m'êtes aussi intimement liés que si vous étiez une partie de moi-même. Ce que vous êtes, d'ailleurs, puisque nous avons un peu plus que le même ADN en commun.

La tempête se déchaîne entre mes deux oreilles. Une partie de lui-même. Qu'est-ce que ça veut dire exactement ? Un peu plus que le même ADN. Ça ne m'avait jamais effleuré l'esprit ; il y a tant de clones qui nous ressemblent que, même si le doute concernant l'original me chatouille depuis un moment, pas une seconde je n'ai envisagé sérieusement que nous pourrions tous être des clones de Lexhil lui-même. Alors, avoir plus que le même ADN en commun…

Tout lutte à l'intérieur contre une sourde évidence qui s'insinue parmi chacune de nos cellules. Il n'est pas à notre image, nous ne sommes pas à son image, nous sommes une partie de ce qu'il est. C'est cela que Firstub ne voulait pas nous dire ! Pourquoi ?

Ce qui suit est à la limite du supportable. Chaque partie de notre corps vibre à l'unisson de la sienne. L'espace d'une nanoseconde, nous ne faisons qu'un avec ce monstre. Je ressens son énergie visqueuse m'envahir, libérant un goût acide et amer à la fois. L'aversion est telle que nous sommes immédiatement rejetés dans nos corps cloniques… pantelants. Mon cerveau se liquéfie. Devant mes yeux qui se brouillent, je vois son visage, déformé par une expression de dégoût extrême, devenir flou puis disparaître.

8 – *La Faille*

Nous reprenons connaissance dans ce qui nous sert de dortoir, et mon cerveau se remet immédiatement en marche.

— *Si un nouveau monde doit être créé sur Terre, ce sera peut-être la solution à la crise du logement. Plusieurs familles vivant dans le même espace, mais dans des bulles différentes. Bien vu.*

— *Et l'intimité, qu'est-ce que tu en fais ?* me rappelle à l'ordre Cedrik.

— *Ben, c'est peut-être juste une question de paramétrage. D'ailleurs, rien ne prouve que les Terriens sauront communiquer mentalement !*

— *Mais vous êtes extraordinaires, vous vivez une crise de la personnalité sans précédent, et votre préoccupation, c'est la crise du logement sur Terre !* transmet Qalkulovitch, interloqué.

— *Tu vois bien, nous avons un sérieux problème d'intimité à résoudre,* reprend Cedrik.

— *Je pense que Cédric a parfaitement raison. Il est évident que le monde de demain ne sera pas composé de transmetteurs cérébraux, mais plutôt de moutons à parquer. Dans ce cas, son idée est géniale,* ajoute Cedrych.

— *Surtout si ces moutons sont dirigés par le génie de Lexhil. En combinant tous nos talents, on pourrait trouver toutes les solutions aux problèmes de pollution que rencontre la planète actuellement,* continue Cerdish.

— *Parfaitement, Lexhil est l'être le plus ingénieux que nous ayons rencontré jusqu'à présent. Il a été capable de créer un monde sans pollution et sans restriction grâce à l'usage très judicieux qu'il fait des éoliennes. Le spectre de la famine est neutralisé, la main-d'œuvre s'autogère. La santé, l'enseignement et tout ce qui est un véritable casse-tête budgétaire pour nos gouvernements n'ont plus raison d'être. De ce* point de vue, je ne comprends absolument pas pourquoi Barzok veut défendre un système complètement obsolète. C'est de la vanité pure ! complète Cedrik avec véhémence.

— Et son système fonctionne sans monnaie, semble-t-il. Donc plus besoin des banques, plus de grandes puissances internationales. Un monde de paix où personne ne se posera de questions. Il suffira de suivre le mouvement pour vivre, tout en sachant que l'équité veut que chacun accepte de céder sa place le moment venu, c'est-à-dire après vingt-cinq semaines de bons et loyaux services, termine Cedrych.

Dépité, écœuré, Qalkulovitch envoie un dernier message :

— Il vous a colonisés, vous êtes absorbés, vous pensez comme lui. La Terre est perdue.

— Vous n'avez rien compris, Monsieur Qalkulovitch, ce nouveau monde, c'est l'avenir, reprenons-nous d'une seule voix.

— C'est vous qui n'avez rien compris, il ne veut pas envahir la Terre pour créer un nouveau monde, mais pour l'asservir à ses desseins interplanétaires. Après avoir récupéré les codes génétiques de la race qu'il estime supérieure, il anéantira tous les autres humains sans aucune restriction, ou les asservira en fonction de ses besoins ou de sa folie scientifique. Il n'a que faire de nous et de nos revendications de liberté, d'espace, de loisirs et j'en passe. Il veut satisfaire son ego grandissant et prendre sa revanche. Il aura à sa disposition un peuple esclave et une armée sans pitié, sans états d'âme, capable d'une obéissance totale, pour conquérir sa planète d'origine. De là, il convoitera l'univers. Sa folie n'a aucune limite. Dès qu'il n'aura plus besoin de vous et de moi, il nous détruira... à moins que vous ne deveniez comme lui, conclut-il avec une sorte de lassitude dans la voix.

— Vous voulez nous faire adhérer à ces sornettes d'un autre âge sans aucune preuve à l'appui ! Vous pensez vraiment que nous allons vous croire sur parole, qu'il serait crédible qu'il vous ait confié toutes ses intentions si elles étaient telles que vous les décrivez ! rétorque Cerdish, en colère.

Comme s'il se parlait à lui-même, Qalkulovitch reprend :

— Je n'ai plus rien à perdre, alors autant tout vous dire. (Puis de nouveau, il s'emporte) *Non, il ne me fait pas confiance et ne m'a rien confié du tout ! Ce que je sais, ce sont les deux clones qui s'occupaient du formatage des bonnets bleus qui me l'ont appris. Comme vous, je ne parvenais pas à croire que la folie de Lexhil était si profonde. Cela fait soixante-sept ans qu'il prépare sa revanche. Malheureusement pour nous, pendant tout ce temps, sa haine n'a fait qu'empirer. La table que vous avez vue le relie directement aux puissances les plus sombres de l'univers. Seul lui peut y plonger et en revenir. À chaque voyage, sa vision du monde change et ses créations sont de plus en plus machiavéliques. Tout ce que vous avez vu ici vient de là. De son avant-dernier passage sont nés les angelots. Il les a testés devant vous pour la première fois et il est très satisfait du résultat qu'il a obtenu.*

— *Si ce n'est que cela, il n'y a pas de quoi alarmer la Terre*, répond Cerdish, se sentant particulièrement concerné.

— *Vous n'avez donc toujours pas compris que La Faille, c'est vous ! Chaque fois que vous vivez quelque chose de ce côté, la Terre vit quelque chose de similaire. Tout se passe au niveau de vos émotions et de vos ressentis. Pendant que vous hurliez devant le spectacle qu'il vous a si généreusement offert, plusieurs écoles et crèches dans les grandes capitales étaient attaquées par des rats géants. Plus d'une centaine d'enfants sans aucun moyen de défense ont péri, suite aux morsures. Cédric, vous aviez commencé à comprendre ce phénomène ; allez-vous enfin m'entendre ?*

Un profond silence suit son plaidoyer. Nous voulions des informations, nous les avons, mais elles sont bien au-delà de tout ce que nous avions imaginé. Lexhil nous utilise pour attaquer la Terre, ça, je l'avais compris. Cela est possible uniquement parce qu'il nous a absorbés après l'incendie, mais ce que je ne comprends pas, c'est pourquoi il a choisi de prendre notre apparence et peut-être plus ! Il avait l'air aussi horrifié que nous de la symbiose qu'il a provoquée. Était-elle vraiment volontaire ?

9 – *Liaisons synaptiques*

Qalkulovitch est peut-être un excellent mathématicien ou informaticien, mais c'est un très mauvais stratège, et il est tombé dans notre piège avec une facilité déconcertante ! Sans la moindre concertation, nous avons, tous, tout de suite compris le but de notre conversation mentale. Pas lui. À moins que nous soyons effectivement liés plus intimement encore que nous le pensons.

Quatre à l'unisson, c'est plutôt pas mal et, entre nous, pas besoin d'orienter nos pensées… mais impossible de penser tout seul non plus. Enfin, pour l'instant, nous n'avons pas vraiment essayé. Il nous faudra quand même rester particulièrement vigilants pour justement ne plus orienter involontairement nos pensées vers les autres, puisque Qalkulovitch intercepte tout.

Nous nous sentons soutenus de l'intérieur. C'est une sensation d'une puissance inouïe qui nous redonne un courage à déplacer des montagnes. Du coup, nous orientons à nouveau notre pensée commune vers Qalkulovitch.

— *J'ai du mal à encaisser le choc, cela signifie que nous sommes responsables de toutes les tragédies survenues sur Terre depuis juillet.*

— *J'ai cru un instant que nos échanges avaient été interrompus par Lexhil ! Non, vous n'êtes pas responsables de tout. Lexhil utilise la capacité des humains à être attirés par le malheur et la souffrance des autres. Il se nourrit de ce magma de pensées négatives et en provoque quand il en a besoin.*

— *Comment fait-il pour se nourrir de pensées ?*

— *Il prend littéralement des bains d'égrégores noires de l'autre côté de la table.*

— *Égrégore noire, c'est quoi ça ?*

— *Une sorte de groupe de pensées négatives qui se sont agglutinées* pour former une entité, en gros quelque chose d'aussi répugnant que le contenu des grosses palpeuses. Lexhil les affectionne tout particulièrement, et l'espace qui se trouve de l'autre côté de sa table en est rempli. C'est là qu'il va se ressourcer et qu'il se nourrit. Enfin, c'est ce qu'ils m'ont expliqué, mais je ne sais pas s'ils y sont allés ou si ce n'est qu'une croyance.

— « Ils ? » Les deux clones dont tu parlais tout à l'heure ?

— Oui. En fait, ce ne sont pas vraiment des clones, parce qu'ils ne vous ressemblent pas et qu'ils sont différents l'un de l'autre. Ils savent beaucoup de choses sur Lexhil, mais ils semblent complètement esclaves.

— Ce sont certainement des membres de l'équipage de la Tubulaire. Pendant qu'il est encore temps, je propose que tu nous communiques tout ce que tu as réussi à apprendre.

— En fait, je les ai rencontrés parce que Lexhil voulait que je réponde à toutes leurs questions. Je crois que les bonnets bleus sont destinés à remplacer un certain nombre d'humains dans notre dimension. Ils avaient besoin d'informations très basiques, mais essentielles, concernant la vie au quotidien, les modes de réaction, tout ce qui leur permettrait de nous infiltrer en passant inaperçus... Pendant que je répondais à leurs questions, ils envoyaient des bits d'information directement dans mon cerveau. Je sais que ça paraît invraisemblable, mais c'est comme ça que ça s'est passé. Il faut me croire, ils pensaient dans ma tête comme si c'était moi qui pensais, en espérant que je puisse faire parvenir leur message à leur chef, un certain Bartok.

— Barzok.

— Oui, c'est ça. Ils ne savent pas où sont les autres. Lexhil a modifié les codes génétiques de chacun d'entre eux. En deux mots, ils sont inhibés et ne peuvent lui résister. Lexhil utilise leurs compétences de programmeurs pour faire des expériences très sophistiquées sur les clones bleus. Chaque bonnet diffuse des neurotransmetteurs spécifiques directement dans le système neuronal du porteur. Si vous connaissez un peu le fonctionnement d'un cerveau humain...

— Ben, pas trop, mais si tu peux simplifier au maximum, on peut peut-être comprendre l'essentiel.

— Bon, disons que nous disposons de deux types de synapses ou *connexions, les chimiques et les électriques. Lexhil a créé les bonnets rouges en modifiant la composition de leur système neuronal. Les cerveaux des bonnets rouges sont quasiment exclusivement composés de connexions synaptiques électriques reliées aux émissions cérébrales de Lexhil, un peu à la façon d'un système Bluetooth. En deux mots, ils n'ont aucune autonomie de pensée, de jugement et pas de sentiment. Ils ne réagissent qu'aux influx électriques mentaux qu'ils reçoivent de Lexhil. Le reste du temps, ils sont atones. Pour les bonnets bleus, c'est l'inverse, Lexhil cherche à générer des individus d'apparence normale, voire très sympathiques, mais qui lui seraient entièrement soumis.*

— Il ne peut pas obtenir le même résultat, juste en manipulant l'ADN ?

— Il a visiblement un problème avec les manipulations de l'ADN. Ses clones ouvriers sont très imparfaits et fréquemment déviants. Il en élimine beaucoup. Et ils ont une durée de vie incroyablement faible qui les rend non exportables sur Terre.

— Si j'ai bien compris, il n'est pas si prêt que cela à envahir la Terre, comme le pensait Barzok.

— Non, il a besoin de vous pour instaurer un climat de peur sur Terre. Pour neutraliser la méfiance des humains, il doit arriver quasiment comme un sauveur au milieu d'une situation cataclysmique. C'est notre plus grand défaut à nous autres, les humains, nous avons une croyance totale dans quelque chose de plus grand qui serait hypothétiquement là pour nous sauver quand tout devient critique.

— N'importe quoi, nos dirigeants ne se laisseraient pas manipuler à ce point !

— Ah, non ? Eh bien, vous avez la mémoire bien courte, on dirait. Est-il bien nécessaire de vous rappeler l'histoire de chacun de vos pays ? Il suffit de brandir le spectre de la famine ou de la mort devant les foules pour qu'elles suivent n'importe quel dictateur comme un seul homme ! La population mondiale n'a jamais fait autant preuve d'égoïsme, de nombrilisme qu'en ce moment. Ce n'est pas par hasard si Lexhil a jeté son dévolu sur la Terre. Nous sommes devenus des monstres d'indifférence, seules nos propres progénitures comptent à nos yeux, et c'est là qu'il va taper fort.

— *Je suppose que Lexhil suit tout notre échange en direct à travers toi, dis-je,* ayant soudain conscience de m'être laissé emporter dans la conversation.

— *Il sait tout ce que je fais et tout ce que je pense. S'il m'a laissé diffuser ces informations, c'est qu'il pense que vous ne pourrez rien en faire ou... je ne sais pas, il a peut-être besoin que vous le sachiez,* conclut-il avec lassitude.

Nous nous reconnectons immédiatement en pensée unique comme chaque fois que nous nous sentons menacés :

Nous sommes lui, mais nous ne pouvons pas être une seule et même entité, la répulsion était tellement puissante que nous avons tous perdu connaissance, mais lui a également été très affecté, il a eu une expression de dégoût absolument hideuse et nous avons été congédiés sur-le-champ. Il n'est pas certain que Barzok sache que l'absorption peut déboucher sur une sorte d'unité aussi forte. Firstub a dit que nos vies avaient été rachetées par la mort des sept promeneurs, mais j'ai de plus en plus l'impression qu'il s'est produit tout autre chose qu'il ne voulait pas nous dire à ce moment-là.

— *Oui, pourtant il y a quelque chose d'autre qui cloche. Si Lexhil a endossé notre apparence suite à l'incendie, comment expliquer qu'il y ait des clones de vingt-cinq semaines alors que notre rencontre avec lui date du mois d'août, ça ne fait que quelques mois !*

— *En considérant que, dans le temps lexhilien, une semaine correspond à un an chez nous, ça ne colle pas. Lexhil ne pourrait pas disposer de clones de vingt-cinq semaines générés avec notre ADN, donc il le possédait avant !*

— *Hum, ça renforce l'idée que nous sommes une seule et même âme, ou je ne sais trop quoi, qui aurait été scindée à un moment donné de sa croissance pour une raison quelconque. Mais l'expérience a dégénéré et ce n'est pas quatre, mais cinq êtres qui en sont issus. Il semblerait que la partie la plus sombre se serait développée de manière anarchique, comme une cellule cancéreuse, en quelque sorte.*

— *Et ça explique enfin pourquoi nous aurions été volontaires pour vivre tout cela. Enfin, si c'est bien de cela qu'il s'agit.*

— *Mais ça ne nous donne aucune clé quant à la manière dont nous* devons nous y prendre pour corriger ce problème.

— Lexhil, un simple problème... Tu débloques, Cerdish !

— Si Lexhil utilise Qalkulovitch pour nous transmettre des informations, c'est qu'il ne veut plus nous rencontrer.

— Ben, il pourrait tout aussi bien nous informer à travers ses écrans. Ça cache autre chose. En attendant, il va nous renvoyer sur Terre, mais il n'a pas précisé dans quel but et, ça, c'est beaucoup plus inquiétant, surtout si les propos de Qalkulovitch sont exacts.

— Ce qui semble le plus plausible c'est que nous soyons ses yeux sur Terre. Je ne sais pas comment exprimer cela, mais sinon comment fait-il pour savoir tout ce qui se passe ?

— Je pense qu'il n'est pas dupe. Si nous sommes les seuls à pouvoir pénétrer son espace, c'est sans doute dû au fait que nous portons ses gènes, mais nous ne devons pas oublier qu'il a aussi des traîtres infiltrés dans La Séclya.

— Ils ont été démasqués, et qui croirait des informations diffusées par des traîtres ? Par contre, tout ce que nous rapportons est décortiqué, analysé, utilisé, et il a bien dit qu'il plaçait des marqueurs sur nous. Nous sommes les vecteurs de la désinformation, voire pire, des espions de notre propre planète.

— Tout ça semble beaucoup trop simple, trop proche de nos fonctionnements terriens. Je suis certain qu'il nous utilise d'une manière beaucoup plus sophistiquée. Si Qalkulovitch dit la vérité, la façon dont il nous a utilisés lors de l'attaque des bonnets rouges est d'une tout autre dimension. Il serait capable de générer des situations terrestres, composées d'éléments terrestres, à partir de notre vécu ici. Et là, j'avoue que ça me dépasse. Pensez-y, ici nous avons assisté à une attaque des bonnets rouges qui s'est traduite sur Terre par une invasion de rats géants et pas n'importe où, dans des écoles. C'est complètement machiavélique, tous les éléments de la scène ont un sens. Il ne laisse rien au hasard. La question cruciale devient : comment nous fermer à tout ça ?

— Il faudrait que nous ayons la force de nous y soustraire, rester vigilants et fermer nos yeux au moindre doute.

— C'est sans doute possible, mais je crains que ça ne fonctionne *qu'une fois. Lexhil n'est pas un imbécile, il aura tôt fait de comprendre que nous tentons de nous soustraire.*

— C'est certain, mais c'est la seule idée que j'ai pour l'instant, et même si ça ne fonctionne qu'une seule fois, c'est toujours ça de gagné.

— Tu as raison, c'est à force de petits pas qu'on avance.

— C'est drôle depuis que nous pensons comme un seul cerveau, c'est beaucoup plus structuré dans ma tête !

— Merci, Cédric, tu as l'art de détendre l'atmosphère, mais je reconnais que de ton côté, c'est toujours prêt à partir en vrille !

— En vrille, en vrille, t'y vas un peu fort quand même !

— Vous croyez qu'il est possible d'être à nouveau seul dans sa tête, demande Cerdish, j'ai besoin de calme pour réfléchir.

— Il doit suffire de décider de s'isoler...

La paix règne à nouveau entre mes deux oreilles.

Enfermées dans ma tête, les images tournent en rond sur elles-mêmes comme des poissons dans leur bocal.

À qui appartient réellement ce visage imberbe aux cheveux hirsutes qui n'ont pas poussé d'un centimètre depuis que nous occupons ces clones ? Lexhil a généré des êtres robotisés desquels toute fantaisie a disparu. C'est bien la même physionomie que mon visage d'origine, mais sans la moindre trace d'humanité. Le même front plat et large surplombe deux yeux noirs, mais ils sont presque toujours quasi immobiles, et sans vie chez la plupart des clones. Un Cédric plus proche de la poupée de cire, sans âme, aux lèvres tristes et tombantes. Moi, qui suis toujours dans la dérision, animé d'un regard vif et pétillant comme une flamme et qui me nargue avec malice chaque matin dans le miroir, je me demande comment un même ADN peut générer des individus si semblables et pourtant si différents.

Quant aux clones de Tulay, c'est pire encore. Son corps svelte et son mètre soixante-dix ressemblaient ici à un échalas dégingandé trop maigre et sans la moindre grâce. Si je n'avais eu la certitude qu'elle occupait un de ces corps grotesques, jamais je n'aurais eu la volonté de la ramener chez nous. Lexhil ne s'est pas embarrassé de détails, même la cascade de ses boucles brunes dansant sur son dos était plus proche d'une pelote de filasse emmêlée, sans aucune fantaisie.

Seuls les bonnets bleus ont un petit quelque chose d'humain. Qalkulovitch a sans doute raison : s'ils ont vocation à s'immiscer parmi les humains, Lexhil a dû les travailler un peu plus en finesse.

Quant à moi, être un cinquième d'une entité que mon cerveau ne peut ou ne veut définir me dépasse complètement.

Penser seul est finalement pire. Firstub avait raison, il faudra être quatre et se serrer les coudes pour ne pas sombrer dans la sinistrose. Épuisé, je m'assoupis enfin…

10 – *Sur le quai*

Esplanade de La Défense, 17 h 25. Nous arrivons, Tulay et moi, sur le quai du métro. Comme d'habitude à cette heure-ci, il est bondé d'hommes et de femmes d'affaires qui finissent leur journée. Mon père disait toujours : « l'habit ne fait pas le moine », moi en tout cas, comme chaque jour, je constate que la profession étiquetée cadre ne se prive pas pour faire des tribus de drôles d'oiseaux. C'est imparable, tous les matins et tous les soirs, le quai est envahi de deux-pattes vêtus de noir et prolongés, à droite ou à gauche, d'une petite sacoche rectangulaire qui me rappelle les photos de papa qui partait au bureau avec son attaché-case noir. Les temps changent, mais finalement pas tant qu'on voudrait nous le faire croire.

Tulay n'a pas d'ordinateur, mais elle s'est équipée d'une paire d'échasses de plus de dix centimètres qui m'ont donné la sensation d'être ridiculement plus petit du jour au lendemain. Il paraît qu'on ne peut pas être responsable du design d'une grande société et porter des mocassins ! C'est depuis ce jour-là que j'observe tous les humains que je rencontre, surtout en attendant le métro. De toute façon, il n'y a que ça à faire. Le métro, c'est vraiment l'endroit le plus riche dans ce domaine. Au fil des stations, la population évolue et chaque jour me réserve de nouvelles surprises.

Ah ! Ce soir, le quai est un peu plus animé que d'habitude. Qu'est-ce qu'il se passe par là ?

À droite, la rumeur s'amplifie et monte de plus en plus. Deux mères de famille et leurs bambins multicolores et bruyants viennent se coller derrière nous. Tulay, qui me dépasse d'une bonne tête, se retourne brusquement vers les deux femmes, le visage maquillé de peur, et leur crie :

— Sortez ! Vite ! Vite, demi-tour, sortez d'ici…

— Ben, qu'est-ce qui te prend… ?

Des cris de panique sur le quai étouffent sa réponse. Elle attrape un des gamins par la main et se précipite vers le couloir. En moins d'une seconde, les deux mères, qui viennent de comprendre, se mettent à hurler tout en serrant les petites mains restantes. Je me retourne et les pousse devant moi, criant à mon tour dans le tumulte du métro qui freine sur les rails :

— Courez, ils vont nous piétiner.

Sans regarder en arrière, je m'engage dans le couloir d'accès au quai, suivant puis rattrapant Tulay qui jette ses chaussures, à la hâte, et prend un des petits dans ses bras. Le temps que je me penche pour attraper le plus jeune que la pauvre femme traîne à bout de bras, une marée, qui n'a d'humaine que le nom, s'agglutine derrière nous, nous poussant avec force vers l'escalier. Au milieu des cris, collés à Tulay, poussés, comprimés, presque soulevés, nous réussissons à atteindre la barre des composteurs.

Devant l'impossibilité évidente de franchir les portes de sortie sans se faire écraser, je tire Tulay et les gamins dans un recoin à l'abri d'un panneau indicateur. Les deux femmes parviennent tant bien que mal à s'extirper de la masse pour nous rejoindre. Là, hagards, nous assistons, muets de stupeur, à l'hystérie collective. Le système anti-fraude qui ne laisse passer qu'une personne à la fois ne permet pas à la foule de s'échapper à l'extérieur. Pire, les premiers se trouvent comprimés, compactés contre cette barrière de plus en plus infranchissable.

Je me hais, je me déteste, je m'en veux d'être là, incapable de réagir, de les aider. Là, immobile, je les vois hurler comme des bêtes à l'abattoir, tomber, bleuir et mourir piétinés, si près de la sortie. Les enfants se mettent à pleurer, entraînant Tulay dans leur désarroi.

*
* *

Je me retourne, en sueur, enterré entre ces murs de béton où le silence fait imploser de douleur chacune de mes cellules cérébrales. Je me lève, titubant, me dirige à tâtons vers le coin toilette. Rêve, réalité, message de Tulay ? Savaient-ils seulement ce qu'ils fuyaient ? Et, moi ?

Dans l'enfer du silence, la douleur s'intensifie, je m'asperge d'eau. De retour dans la chambre, les autres dorment, tranquilles ! C'est insupportable ! N'y tenant plus, je me rue sur Cedrik et le secoue violemment. En quelques minutes, je suis plaqué au sol, les cris extérieurs apaisant quelque peu mes cris intérieurs. Je rends les armes et laisse le surcroît de souffrance s'écouler sur mes joues, anéanti.

La lumière crue, aveuglante, inonde la pièce et m'isole un peu plus dans la détresse. Je me replie sur moi-même, piteux.

— Et merde, Cédric, qu'est-ce qui t'a pris, encore ?

— Encore, tu as raison, Cedrik, encore...

Mes épaules s'affaissent un peu plus.

— Du calme, Cedrik. Je crois que Cédric a reçu un nouveau message.

Le ton de Cerdish est péremptoire, il m'aide à me relever et nous nous asseyons en duo, face à face, sur les deux lits les plus proches.

Je reste là, le regard creux, ballotté par les visions d'un ici et d'un là-bas. Déchiré.

Lentement, je regarde tout autour de moi ; je suis bien ici, loin de ce cauchemar. Cauchemar ? Mes yeux croisent les regards interrogateurs qui m'entourent. Je sens une espèce de mélange de colère, d'impatience et en même temps de compassion. Ils attendent, respectueux de ma souffrance. La ressentent-ils en ce moment ? Je ne saurais le dire. Doucement, tout doucement, les images se structurent, reprennent forme dans ma mémoire aussi clairement que si je rêvais à nouveau la même scène, avec une précision quasi chirurgicale. Au fur et à mesure que le film se déroule dans mon cerveau, je vois sur leur visage qui s'anime la panique, l'affolement, puis le masque décomposé de l'horreur.

Notre connexion mentale va bien plus loin qu'un échange de pensées, ils vivent mon rêve aussi clairement que je l'ai reçu quelques minutes plus tôt. Lorsque c'est terminé, ils sont plus anéantis que moi ; rêver les yeux ouverts semble plus pénible.

Après un long silence, Cerdish me regarde, consterné :

— C'était une transmission de Tulay ?

— Oui, en tout cas, les modalités étaient les mêmes que l'autre fois.

— Il semblerait qu'il y ait eu une nouvelle attaque de rats du côté de l'Esplanade.

— Mais pourquoi, je n'y comprends rien ! Qalkulovitch a dit que Lexhil avait besoin de notre ressenti pour provoquer ce genre de phénomène sur Terre. Il ne s'est rien passé ici qui justifie cette invasion et un tel mouvement de panique !

— Si… peut-être que si, dit pensivement Cerdish.

Tous nos regards se tournent vers lui d'un air interrogateur.

— Pendant notre entretien avec Lexhil, il y a eu ce moment de dégoût intense et nous étions en communion avec lui, si on peut dire les choses comme ça. En ce qui me concerne, les rats et les serpents sont les deux choses qui peuvent déclencher une aversion similaire à celle que j'ai ressentie lors de cette union avec Lexhil. Peut-être que ça suffit pour expliquer ce que Tulay nous envoie. Évidemment, ce ne sont que des suppositions, mais si cela s'avérait, alors nous sommes plus que dangereux pour les Terriens. Lexhil nous a en son pouvoir et je ne vois pas comment nous pouvons y échapper. À chaque entretien, nous sommes malgré nous les vecteurs d'une vague de violence sur Terre.

— Je partage complètement ton raisonnement, intervient Cedrych. Je ne sais pas ce qu'il en est pour vous, mais moi, je me sens vidé. Je pense qu'il faut avant tout préserver notre énergie. En état d'épuisement nous serons encore plus manipulables.

— Tu es en train de nous suggérer de dormir après ça ! s'offusque Cedrik.

— Je fais plus que le suggérer, c'est indispensable. Je ne sais pas si nous y parviendrons, mais être confrontés à Lexhil en état de faiblesse ne nous sera d'aucune aide, bien au contraire. Ressasser ce rêve toute la nuit ne fera que nous affaiblir davantage. Nous avons là une information essentielle, nous savons comment il nous utilise. Garder nos yeux fermés ne sera pas suffisant, c'est une parade bien plus sérieuse que nous devons trouver. Ce n'est pas en nous lamentant et en nous inquiétant inutilement que nous y parviendrons, répond Cedrych.

— Inutilement, inutilement, tu y vas un peu fort quand même ! Tulay, confrontée à une attaque de rats dans le métro, justifie largement que je m'inquiète, explosé-je.

— Du calme, il se peut que Lexhil suive toute notre petite conversation. Je suis désolé, Cédric, mais je suis d'accord avec Cedrych : rien n'est certain, on n'a même pas vu les rats et ce n'est pas en fabulant sur un rêve que nous serons efficaces, conclut Cerdish.

Sur ce, et conscient de la justesse de cette dernière remarque, j'éteins la lumière et me retrouve à nouveau confronté à un moi-même intérieur plus impressionnant encore que toutes les copies cloniques auxquelles j'ai fini par m'habituer. Il y a une partie de nous-mêmes à laquelle on n'échappe jamais.

11 – *Torture*

Je n'ai pas réussi à retrouver un vrai sommeil et c'est le regard terne, les paupières lourdes et la cervelle lessivée que je ferme la marche. J'ai vaguement compris que nous étions attendus dans la salle de projection. Depuis que Cedrych m'a mis sur pied ce matin, j'ai le cerveau en duplex. Je ne parviens pas à détourner mon attention de ce cauchemar.

Ici, les réveils sont sans surprise : clones bleus, bols de riz, douche et attente ou rendez-vous avec Lexhil. Ce matin, je n'ai rien fait de tout cela… ou alors, argh, je suis devenu un vrai clone qui accomplit les gestes rituels sans conscience ! La fatigue a réellement laminé mes méninges ; je ne suis même plus connecté aux autres. J'ai l'impression d'avoir avalé dix litres de whisky et d'avoir fait la foire toute la nuit. Les yeux me brûlent de plus en plus. Les yeux, si c'est ça la clé, je suis mal parti ; être face à Lexhil dans cet état-là n'augure rien de bon. Cedrych a raison, je ne sais pas comment il fait pour être toujours si juste dans ses analyses.

Ouf, nous prenons la direction de la salle des écrans. Lexhil n'a pas l'air d'avoir apprécié le contact direct. Tant mieux, je n'aurais pas eu la force de recommencer.

Un haut-le-cœur me secoue.

En attendant, il s'est quand même passé quelque chose de grave sur Terre, je l'ai vécu comme si j'y étais. Je n'arrive vraiment pas à me faire à cette bipolarité, comme si j'étais ici en négatif ou l'inverse d'ailleurs. Je ne sais même plus où je suis vraiment… Quant à savoir qui je suis… J'arrive à supporter de me voir partout parce que je ne ressens pas tous ces clones comme étant intimement moi, mais le Cédric de remplacement qui vit là-bas aux côtés de ma Tulay, c'est vraiment un bout de moi et ça, c'est intolérable, même si c'est un des amis de Firstub qui prend mon apparence.

Je suis isolé des autres mentalement. Il faut absolument que j'arrive à prendre contact avec eux... au moins par le regard. Je n'aurais jamais cru que je me sentirais si seul, c'est tellement plus rassurant quand je sens leurs pensées. J'espère que je ne suis pas trop spongieux. Savoir que je suis le moins fiable sur ce plan me met très mal à l'aise chaque fois que nous devons être confrontés à Lexhil, même par écrans interposés.

Pas d'erreur, nous entrons dans la salle de projection.

Et merde... Il a installé les quatre fauteuils en cercle, têtes vers le centre. Impossible de voir les autres. Il veut me – ou nous – garder isolé. Ça y est, je deviens parano ! Comme à chaque fois, il ne nous laisse pas le temps de pousser trop loin nos observations. Sitôt allongés, les écrans s'allument et son rictus, plus hideux encore que la dernière fois, s'avance vers nous. Je me sens comme un enfant sans défense dans son berceau qui verrait une grosse tête effrayante s'agiter devant lui.

Lexhil semble sortir de l'écran et se rapprocher de moi. Une sueur froide inonde mon dos.

Les écrans n'ont pas bougé, ce sont les fauteuils qui se sont rapprochés du plafond. Être si près de lui empêche toute diversion. Ce type nous tient complètement sous son emprise. Nous n'avons plus aucun moyen d'échapper à ses paroles acerbes. Elles s'impriment au fer rouge entre mes deux oreilles :

— Qalkulovitch a tenté de me doubler. Vous allez voir ce qu'il en coûte de se croire plus malin que Moi.

Clac, clac, clac... Nous n'avons pas eu le temps de réagir, les sangles nous maintiennent fermement saucissonnés aux fauteuils. Sans plus attendre, Qalkulovitch apparaît sur les écrans. Il est terrorisé. Pas besoin de savoir ce qui a précédé pour comprendre qu'il sait qu'il va mourir pour la deuxième fois.

Oh, merde, j'avais pas compris ça ! On peut mourir dans chaque dimension ou du moins vivre cette émotion et tout son cortège de sensations effrayantes. Cette peur-là ne nous quitte donc jamais ! Firstub me l'a dit, je crois, mais il y a un monde entre ce que l'on nous dit et ce que l'on intègre vraiment. Mourir. Jusqu'à présent, j'en avais peur parce que je ne voulais pas disparaître. Mais mourir pour souffrir plus encore et ne pas y voir de fin, ça, c'est pire que d'errer dans le désert ou de fuir des rats.

Lexhil sait ménager ses effets. Il laisse la pression monter.

Qalkulovitch, le regard hagard, cherche désespérément une issue, tentant d'ouvrir toutes les portes de sa prison.

C'est pervers, cette pièce octogonale n'est composée que de portes, à raison de deux par cloison. Seize portes qui s'entrouvrent de manière aléatoire pour se refermer aussitôt, laissant l'espoir d'une issue possible grandir et s'évanouir à chaque instant.

Haletant, Qalkulovitch se retourne à chaque claquement et se précipite vers une nouvelle déception. Il réagit comme une bête traquée, provoquant le rire sardonique et satisfait de Lexhil. Anéanti, il s'arrête net. J'imagine qu'il vient de comprendre qu'il est piégé. Le rire dément de Lexhil n'annonce rien de bon. Qalkulovitch lève la tête et, la caméra suivant son regard, je vois trois trappes s'ouvrirent dans le plafond.

— Les palpeuses !

J'ai crié malgré moi.

Qalkulovitch tourne la tête. Une lueur d'espoir traverse fugacement son regard, remplacée une fraction de seconde après par l'effroi.

Il a compris, en même temps que moi, que nous assistions en direct à sa torture.

Lexhil, satisfait, perce mes tympans de son rire puissant.

Je ferme les yeux. Pourvu que ça marche.

Peine perdue, une douleur brûlante traverse mes paupières et à nouveau la scène est là, plus proche encore.

J'assiste, impuissant, dans le bruit insoutenable des succions et des hurlements de Qalkulovitch, à ce qui me semble le summum de la folie.

Erreur.

Les palpeuses s'écartent. Qalkulovitch, vidé d'une partie de ses entrailles, gît au milieu de la pièce, le regard suppliant tourné vers nous.

Il nous voit ! Le reflet de nos quatre visages décomposés danse dans ses pupilles complètement dilatées. Cet échange de quelques secondes à peine semble durer une éternité.

Qalkulovitch ferme les yeux et je comprends son ultime message. Lexhil m'utilise pour une action d'envergure dans l'autre dimension... chez nous.

La salle devient noire. J'ouvre la bouche... et rien. Je réalise que nous n'avons pas émis un son depuis le cri qui a capté l'attention de Qalkulovitch. Lexhil maîtrise nos sens ! Sa voix retentit dans le noir comme un glas :

— Cédric, vous allez repartir seul. Vous serez mes yeux dans votre dimension, c'est bien ce que Qalkulovitch vous a dit, n'est-ce pas ? C'est une excellente idée. Deux yeux me suffiront, je garde les autres. À travers leur mental, je suivrai vos pensées. Quant à Qalkulovitch, il peut encore servir... Ceci n'était qu'un petit avertissement.

Ces derniers mots sont sans équivoque. J'ai bien compris le message, nous sommes ses jouets. Rien ne l'arrêtera.

La lumière inonde à nouveau la salle. Comme toujours, les palpeuses sont là. Je n'ose même pas les regarder, de peur d'y voir un morceau de Qalkulovitch. Mes yeux deviennent incandescents ; la brûlure est atroce. Je ne sais ce qui est le pire : la souffrance interne sans issue apparente ou cette douleur perçante qui traverse mes pupilles. Je les protège de mes mains, mes paupières doivent être brûlées.

Deux bras me saisissent doucement de chaque côté. Je sursaute. J'écarte péniblement les doigts. Deux clones bleus m'invitent à les suivre, les autres ont déjà quitté la pièce. Dans ma tête, un message discret s'immisce : *sois prudent et ne t'inquiète pas pour nous, nous sommes encore trois.*

La fraîcheur de la gélatine qui enveloppe ma tête me soulage physiquement et finit d'installer en moi un profond désarroi. Je les abandonne tous à ce dément…

12 – *Neurasthéniques*

L'avantage de ce type de transfert, c'est que la douleur reste dans le corps d'origine. Pauvre clone, j'espère qu'il ne ressent plus cette brûlure, puisque je l'ai laissé ! La plupart des clones de Lexhil semblent insensibles. J'aimerais être certain qu'il en est de même pour ceux qui nous servent d'enveloppe physique. Ils sont de plus en plus synchronisés avec ce que nous sommes, du coup je ne suis plus sûr de rien. L'espace-temps se dissout comme toujours et l'aspiration s'accélère, emportant tous mes repères…

La décélération se fait sentir. Vu l'impasse dans laquelle nous sommes bloqués, j'ai hâte d'avoir les explications de Firstub et Barzok. En même temps, je redoute ce que je vais découvrir, si réellement tout ce qui se produit d'un côté a son pendant de l'autre.

C'est bizarre, on dirait que je suis arrivé, mais je ne ressens aucune densité. J'essaye de me tâter.

Rien. Qu'est-ce que c'est encore que ce nouveau traquenard ? Je ne suis pas perdu dans l'espace, j'espère. Du calme. Depuis juillet, j'ai au moins appris ça. Tout peut arriver avec ces gens-là, leur technique dépasse mon entendement. Respire profondément. Reste posé. Encore une fois. Ça va, j'ai la sensation de respirer. Non, c'est pas vraiment ça. J'ai les effets, mais pas le ressenti de l'air qui passe par le nez et soulève le thorax. Je… Je n'ai pas de corps ! Je me suis arrêté en chemin ? Je suis mort ?

L'activité électrique de mon cerveau a dû s'emballer, car une voix résonne :

— *Calme-toi. Tu ne peux pas revenir dans l'espace terrestre que tu connais. C'est trop dangereux pour tous les humains. Nous t'avons intercepté.*

— *Firstub ?*

— *Oui. Reste tranquille. Tu n'es pas seul. Nous te maintenons dans une dimension immatérielle pour empêcher Lexhil de traverser à travers toi.*

— *Pas seul ? Qu'est-ce que tu veux dire ? Que tu es là, ou que je suis...*

Oh ! Non. J'avais oublié la faille. Je suis la faille. Le maillon faible. Pourquoi est-ce qu'ils ne m'éliminent pas, tout simplement ? Pfff ! Ce serait complètement idiot. C'est évident, celui qui m'éliminera basculera dans le camp de Lexhil. Il n'en sera que plus fort encore. C'est ça, sa force, par rapport aux siens : il est quasiment intouchable. Dans leur peuple, faire le mal les fait basculer. Lexhil se nourrit de l'énergie des égrégores noirs qu'il trouve de l'autre côté de la table, il devient de plus en plus puissant et personne parmi son peuple ne peut l'arrêter sans le rendre plus fort encore. Personne, sauf...

— *Firstub, Firstub... !*

— *Inutile de crier, je suis juste à côté de toi. Rassure-toi, Lexhil n'est pas avec toi. Tu es seulement ses yeux quand tu es incarné. Pour l'instant, tu peux te détendre ; il ne peut rien, tu es immatériel. Nous sommes juste en train de finaliser ton arrivée de façon à ce qu'il voie ce qu'il espère voir. Il faut impérativement que Lexhil croie qu'il a réussi.*

— *J'y comprends rien, que s'est-il passé ? Lexhil a une table complètement noire et pleine de monstres et, à cause de ça, il est de plus en plus puissant. C'est Qalkulovitch qui nous l'a dit. Il n'est pas mort. Là-bas, il est une sorte d'esclave de Lexhil. Et puis...*

— *Calme-toi, nous savons déjà tout cela. La table respecte les lois de l'univers : un pôle positif, la nôtre, un pôle négatif, la sienne, et tout ce qui existe entre les deux. L'univers dans lequel vous évoluez ne peut exister qu'à travers cet équilibre. Chaque élément qui le compose répond à cette règle et c'est ce que nous tentons de préserver. Quant à Qalkulovitch, il est bel et bien mort, celui à qui vous avez affaire est une sorte d'hologramme, comme nous en utilisons ici en votre absence. Aucun être humain n'aurait survécu à ce qu'il vient de subir.*

— *Comment avons-nous pu nous faire avoir à ce point-là !?*

— *Je vous l'ai dit, Lexhil est très fort, il utilise votre détresse et vos* désirs pour obtenir ce qu'il veut. Vous n'acceptez pas encore pleinement l'idée d'être seuls face à lui. Pour vous, Qalkulovitch est un espoir. Lexhil se sert en permanence de vos croyances.

— Mais de quel monde êtes-vous donc !?

— Si je te le disais, tu ne pourrais même pas le concevoir.

— Si vous n'êtes pas de notre monde, pourquoi vous acharner à ce point à nous préserver ?

— Vous êtes un maillon indispensable de notre évolution. Lexhil est revenu en arrière parce qu'après sa scission, il est devenu une sorte d'électron libre, ou de cellule cancéreuse, comme tu disais l'autre jour. Il veut utiliser la Terre pour détrôner Barzok. Le royaume des forces du mal ne lui suffit plus.

— Comment tu sais, pour la cellule cancéreuse ?

— Quand tu es dématérialisé, c'est encore plus facile d'accéder à tes informations, et puis nous sommes beaucoup plus liés que tu ne le penses.

— Et Lexhil, est-ce qu'il peut utiliser les autres pour savoir ce que je pense ici ?

— Non, rassure-toi, Lexhil utilise beaucoup le bluff avec vous. Je te l'ai dit, il se sert de vos peurs, de vos doutes et en crée si besoin pour que vous fassiez ce qu'il attend de vous.

— C'est normal qu'on ait des doutes, on ne sait quasiment rien. Qu'est-ce que je suis censé être et faire, dans tout ça ? De nous quatre, je suis... euh, Firstub, je suis le plus faible. J'ai compris depuis longtemps qu'on n'est pas si identiques que ça. Cerdish a fait des études, pas moi. Il comprend des tas de choses qui me dépassent. Cedrych est capable d'analyser ce qui se passe, je ne sais pas comment il fait, mais il voit tous les détails tout le temps et Cedrik, c'est... il n'a pas peur, alors que moi...

— Toi... Tu es une partie de Lexhil. Associé à Cerdish, Cedrik et Cedrych, vous êtes son pôle positif. Tant que vous ne serez pas à nouveau un, la Terre sera en danger.

Merde. Merde. Merde. Heureusement que je n'ai pas de corps. Je crois qu'il se serait décomposé. Il y a des propos difficiles à entendre, même si je sais intimement que c'est vrai. Ça correspond à ce que j'ai ressenti lorsqu'il y a eu cette espèce de fusion avec Lexhil. L'entendre confirmer par Firstub est une autre affaire, ça signifie clairement que nous n'avons qu'une solution, nous unir à ce monstre, et je ne parviens pas à m'imaginer que ce soit possible. Il y a certainement un moyen de résoudre le problème autrement.

— *C'est pas possible, on ne peut pas faire ça... On n'y arrivera jamais.* (Envahi par la colère) *Si je comprends bien, vous êtes comme lui, vous utilisez ses croyances. Vous avancez à tâtons. Qu'est-ce qu'il est censé découvrir, à travers mes yeux de pantin ?*

— *Qu'il a atteint ses objectifs.*

— *Et ?*

— *Écoute, pour l'instant, moins tu en sais, mieux c'est.*

Je n'ai pas le temps de m'énerver davantage, je commence à sentir la pesanteur sur mes épaules et je me retrouve dans les toilettes de La Séclya. Ah ! De mieux en mieux, je suis accueilli dans les W.-C., maintenant !

Furieux, je sors en claquant la porte et me retrouve penaud devant monsieur Fecha. Il me regarde d'un air surpris, la paupière tombante.

— Il ne faut pas gâcher le peu qu'il vous reste, Monsieur Grej-Holman.

Je bougonne, incrédule :

— Désolé.

Et je sors sans rien comprendre. Je ne vois pas bien ce qu'avoir un peu claqué la porte pourrait gâcher ! Dans le couloir, la joie n'est pas à l'honneur. Pas de sourires échangés. Des têtes basses et maussades. Je fonce vers le bureau de Tristan. La porte est fermée. Je frappe. Une voix lasse que je reconnais à peine m'invite à entrer. Tristan lève la tête, les traits tirés.

— Qu'est-ce que tu veux ? dit-il d'une voix traînante.

J'écarquille les yeux :

— Comment ça, qu'est-ce que je veux ? Je veux comprendre. Qu'est-ce qui s'est passé, ici ? J'ai jamais vu La Séclya aussi morose. C'est à cause des rats ?

Las, Tristan réplique :

— Écoute, va dans la salle de repos et allume la télé. Tu comprendras.

Je reste là quelques instants, complètement interloqué, puis je tourne les talons. Ben, ça alors, jamais vu Tristan comme ça ! Je prends soin de bien refermer la porte ; il est sans doute malade.

Le manque d'enthousiasme règne partout, les rares personnes présentes dans le couloir semblent porter toute la misère du monde sur leur dos. J'accélère le pas. Je commence sérieusement à paniquer. On dirait qu'ils ont tous été drogués.

La salle de repos est vide, mais la télé est allumée. Le présentateur débite son journal d'une voix monocorde. Je ne comprends rien à son discours. La caméra diffuse un reportage sans vie de New York. Des Américains se traînent d'un pas nonchalant dans les rues si vivantes d'habitude. Je change de chaîne : même scénario. Je reconnais Paris, le cameraman doit être sur le boulevard de Rochechouart. Le magasin Tati, bondé de monde habituellement, est quasiment vide. Il n'y a presque personne sur les trottoirs. Le boulevard est désert, c'est bien la première fois que je vois Rochechouart sans voiture, en plein jour ! Une femme s'approche. Son visage inexpressif regarde l'objectif et, comme si elle n'avait rien vu, elle continue son chemin.

C'est quoi, ce merdier ? On dirait qu'ils ont tous été vidés de leur énergie.

— Nan…

Je viens de comprendre les propos de Qalkulovitch. Je suis la faille, à travers moi ou plus précisément mes yeux, Lexhil agit sur Terre. Il m'a contraint à regarder les palpeuses aspirer l'énergie de Qalkulovitch. Quand je faisais du karaté, le prof nous disait toujours que l'énergie venait du ventre. Ce ne sont pas les boyaux de Qalkulovitch qu'elles aspiraient. Elles pompaient son énergie et, à travers moi, Lexhil puisait l'énergie humaine de notre dimension.

Je suis effondré à mon tour.

Le journal continue et le journaliste explique mollement que la situation est internationale. Les scientifiques accusent une puissante éruption solaire qui aurait des effets chimiques inattendus.

Personne ne pense à Lexhil.

Évidemment ! Qui pourrait penser à Lexhil ? Il faut que je trouve Firstub et monsieur Vandekhor.

Je sors et, tentant de me contrôler pour ne pas attirer l'attention, j'avance les épaules basses jusque dans la salle d'attente. Je n'ai pas besoin de me forcer, ce que j'ai compris m'accable vraiment. Je frappe et entre sans attendre de réponse. Monsieur Vandekhor est seul. Sans se lever, il me fait signe d'un geste sans conviction de m'asseoir. Je voudrais lui dire, mais en même temps que j'ai compris ce que signifiait être la faille, j'ai compris que mes yeux étaient des miroirs sans tain pour Lexhil. Je repère rapidement une feuille et des stylos sur le bureau. Je m'approche et, tout en prenant bien soin de fixer le mur derrière monsieur Vandekhor, j'écris sur la feuille :

Lexhil voit tout à travers mes yeux. Il m'utilise pour vous anéantir. La faille, c'est moi.

J'écris en demandant d'une voix qui se veut agressive et inquiète.

— Pouvez-vous m'expliquer ce qui s'est passé ici pendant mon absence ?

Monsieur Vandekhor se redresse pour se placer dans mon champ visuel, me signifiant ainsi qu'il désire que Lexhil le voie. Comme si cet effort l'avait épuisé, il soupire et s'affaisse à nouveau. Je baisse mon regard et l'écoute m'expliquer, cherchant péniblement ses mots :

— Depuis plusieurs semaines… tout s'est dégradé… Il y a une prolifération de rats de plus en plus gros dans toutes les capitales et les grandes villes… Puis, plusieurs volcans normalement endormis sont entrés en éruption… Et depuis quelques jours, nous sommes tous dans un état d'épuisement… Tous nos savants disent que ce sont les effets des éruptions solaires de plus en plus importantes qui ont eu lieu ces derniers jours.

— Mais vous ne pouvez rien faire, vous savez bien…

Je m'arrête net, conscient que je ne dois pas trop en dire.

— Vous, enfin, votre groupe… Vous ne pouvez rien faire ?

— Ne vous inquiétez pas… Cette vague d'éruptions solaires va se calmer d'ici quelques jours. Nous ferons le point sur les dégâts et, si nous parvenons à éviter une vague de famine internationale, tout rentrera dans l'ordre. Ce n'est qu'une question de temps.

Stupéfait, je sors. Une vague de famine ? Je ne comprends rien. Je me dirige vers mon bureau pour appeler Tulay, mais je n'en ai pas le temps. Je pose la main sur le combiné et suis de nouveau aspiré.

Je pensais me retrouver avec les autres dans l'espace dimensionnel de Lexhil, mais c'est sur mon futon que je reprends forme. Les toilettes, mon bureau et le futon n'ont jamais été des portes pour transiter ! C'est de plus en plus confus. Je sors de sous la couette et, à nouveau, je me demande si tout cela existe vraiment. J'ai peut-être tout rêvé depuis le début. Tulay existe-t-elle ? Un coup d'œil circulaire me rassure sur ce point. Les trois quarts des objets que je peux voir d'où je suis lui appartiennent. C'est déjà ça.

Un frisson, j'ai froid.

Je me dépêche de descendre, le radio-réveil annonce déjà 7 heures. Si tout cela n'est qu'un rêve, j'ai intérêt à me bouger, je vais être en retard au bureau. J'ai du mal à m'activer. Mes gestes sont aussi lents que mes pensées. Ça ne me ressemble pas. Je m'habille sans déjeuner et je quitte le loft.

Dehors, il fait froid, c'est l'automne, il n'y a plus de feuilles sur les quelques pauvres arbres que je dépasse. Le ciel est gris. Je ne ressens plus ce plaisir de marcher sur un trottoir parisien qui me gonflait d'énergie tous les matins il y a quelques mois. Même si c'est le premier automne que je passe à Paris, je ressens autre chose. C'est gris, c'est terne, tout paraît triste. J'accélère le pas, il faut que je regagne La Séclya au plus vite. Sur l'avenue, tous les magasins sont fermés, même les cafés. Quel jour sommes-nous ? Au coin de la rue, le kiosque est ouvert. Ouf, je respire un peu. Je prends *Le Petit Parisien*, sors un billet de 5 euros de mon pantalon ; le gars me rend la monnaie sans me quitter des yeux, complètement subjugué. Ben quoi, qu'est-ce que j'ai ? Mal à l'aise, j'empoche ma monnaie et je file vers la bouche du métro.

Mercredi 28 novembre. Bon sang, je ne m'étais pas rendu compte que le temps était passé si vite. Je ne peux pas avoir à ce point aussi peu de repères ! Je ne comprends pas, d'habitude, chaque fois que je reviens dans cette dimension, je sais instantanément tout ce que mon Cédric de remplacement a fait pendant mon absence. Il se passe quelque chose de très anormal. On dirait que le temps terrestre s'est étiré pendant que je transitais entre mon bureau et mon futon.

Le couloir du métro me semble encore plus terne que le reste. Il n'y a plus de musique. Tous les matins, un gars à peine plus vieux que moi chantait en s'accompagnant de sa guitare. J'aimais bien sa voix un peu railleuse. Je n'ai jamais pris le temps de m'arrêter pour écouter ses textes et maintenant il me manque. Ce silence accentue la sinistrose ambiante.

Sur le quai, les quelques personnes qui sont là attendent, moroses. Mais, ils sont où tous les autres ? Tous les Parisiens pressés qui vont travailler ? Je commence sérieusement à me sentir très mal. J'ai la tête lourde. Eux aussi sans doute, car ils avancent voûtés comme s'ils allaient au bagne. Je n'ai jamais vu personne aller au bagne, mais mon père disait toujours ça quand je rechignais à les suivre en forêt pour la promenade dominicale.

La rame arrive, je monte. L'atmosphère est plus pesante encore. Pourtant, ce matin, il n'y a pas beaucoup de monde. D'habitude, chacun est dans sa bulle, mais il y a quelque chose de vivant dans leur façon d'être ; l'un écoute son .mp3, l'autre lit son journal, des femmes discutent tout bas, d'autres encore se laissent bercer par le roulis de la rame, yeux mi-clos. Là, ils sont atones, tête basse, tristes ou vides, je ne saurais le dire, mais je commence à nouveau à ressentir cette boule qui se forme au creux de mon ventre… la peur. De station en station, le malaise s'accentue. Ils montent et descendent comme des robots.

Des robots ou des clones ! Bon sang, c'est ça qui me torture depuis tout à l'heure, on dirait les clones qui travaillent aux champs.

L'esplanade de La Défense. Je me précipite vers la sortie, remonte le couloir presque en courant et m'arrête net. Non, c'est pas possible, j'ai eu une vision ! Je reviens sur mes pas et là, devant moi, en deux mètres sur trois, qui me regarde de toute sa hauteur : Phodat Lexhil. Une énorme affiche qui couvre tout l'espace publicitaire. Son visage se veut rassurant, presque paternel. Il n'y a aucun slogan, juste lui, envahissant tout l'espace, incontournable. Je recule, n'en croyant pas mes yeux, et heurte un couple. L'homme marmonne des excuses sans lever la tête ; la femme me regarde, écarquille les yeux et se dérobe à son tour en marmonnant :

— Désolés, nous devrions faire plus attention. C'était vraiment involontaire...

Son mari la tire par le bras. Je l'entends murmurer :

— On dirait son fils...

Machinalement, je remonte le col de mon manteau, je relève mon écharpe sur mon menton. Il a réussi !

Tête basse à mon tour, je me dirige vers La Séclya, que je n'atteindrai pas. Sans la moindre précaution, je suis aspiré au beau milieu de l'esplanade. Il faut vraiment que Lexhil soit sûr de lui pour prendre un tel risque !

13 – *Mission kamikaze*

Je reviens directement dans le dortoir. Je n'ai pas le temps de réaliser quoi que ce soit que mon cerveau pense à quatre. C'est incroyablement puissant. Les idées de chacun s'enchaînent à une vitesse folle, comme quand j'étais seul dans ma tête il y a quelques mois.

La différence c'est que c'est beaucoup mieux structuré.

— Alors, c'est comment, qu'est-ce que tu as découvert ?

— Rien de bon. Ce que Qalkulovitch nous a expliqué est vrai. Lexhil m'utilise pour agir dans notre dimension terrestre. Comme les autres fois, la scène à laquelle j'ai assisté ici a son sosie de l'autre côté, mais adapté aux circonstances. Les humains n'ont pas perdu de parties physiques corporelles, Lexhil a pompé une partie de leur énergie. Le mieux, c'est que je vous transmette des blocs images.

Je me concentre pour revivre tous les détails, du moment où je suis arrivé dans les toilettes jusqu'à ce que je me sente aspiré sur l'esplanade de La Défense complètement déserte.

— Bon sang, c'est catastrophique, Lexhil cherche à s'imposer et visiblement les humains n'ont pas l'air d'être en mesure de se défendre.

— Aïe, j'ai oublié une information importante. Le transfert ne s'est pas passé comme les autres fois. J'ai flotté un moment, je ne sais pas trop où, avant d'arriver à La Séclya. J'étais à côté de Firstub. Il a dit que je ne pouvais pas revenir dans notre dimension terrestre sans mettre en danger les humains. Je suis désolé d'avoir oublié de le dire, puisque j'y suis allé quand même. Ça ne devait pas être si important que ça, hein ?

Ils réagissent tous en même temps.

— Mais je rêve, c'est hyper important au contraire ! C'est tout ce qu'il a dit ?

— Ben, non. Je vais essayer de me rappeler. J'étais un peu perturbé d'être là, comme ça, entre deux. Je n'ai pas été très attentif… Si tout le monde contrôle ses pensées, je réussirai peut-être à me souvenir et à vous envoyer tout ça.

Le silence se fait roi.

Ouf. J'ai cru que ma tête allait exploser ! Il faut absolument que je retrouve ce que Firstub m'a dit et le plus précisément possible. Les images sont brouillées, c'est sûrement dû au fait que j'étais dans un état immatériel.

Sentant la pression mentale grandir, je tente tant bien que mal de restituer l'entretien que j'ai eu.

— Je crois qu'il a dit qu'ils voulaient empêcher Lexhil de traverser avec moi. Il a ajouté que je n'étais pas seul, mais je ne sais pas bien s'il voulait dire qu'ils étaient avec moi, ou si Lexhil était avec ou en moi.

La pensée qui suit n'est pas très agréable. J'ai vaguement le sentiment que Cerdish et Cedrik supposent que je n'ai pas été à la hauteur et, pour le coup, je me sens plus minable que jamais. Aussitôt, Cedrych réagit.

— Il n'y a pas de place pour le doute. Il faut rester solidaires. Détends-toi un peu, ça va revenir.

Ce dernier message de soutien me rassure en même temps que je commence à comprendre pourquoi Lexhil m'a renvoyé seul.

— Il faut absolument que vous me posiez des questions en mode direct, sinon Lexhil va trouver suspect notre silence.

— Bon sang, on a complètement oublié Lexhil !

— *Cédric, tu pourrais quand même nous donner des nouvelles. On est là, à attendre que tu récupères, mais maintenant ça doit aller.*

— *Oh ! Excusez-moi, j'ai encore du mal à croire ce que j'ai vu. C'était complètement déprimant, ils ont tous l'air malade, ils font tout au ralenti. C'est même pire que ça, ils sont épuisés par le moindre effort. Si j'ai bien compris, il y a eu pas mal de catastrophes. Des volcans qui ont explosé, les rats dont Qalkulovitch a parlé ont attaqué plusieurs villes et je ne sais plus quoi d'autre... Ah si, le soleil envoie des ondes qui les rendent faibles.*

— *Mais Firstub, Tristan et monsieur Vandekhor, qu'est-ce qu'ils en disent ?* demande Cerdish.

— *Ben justement, vous n'allez pas me croire, mais eux aussi, ils ont l'air vidés. J'ai même cru que Tristan était malade.*

— *Merde, ça veut dire qu'on est seuls, maintenant.*

— *Je sais pas, dans le métro, il y avait une grande affiche de Lexhil.*

— *Quoi !* s'étrangle Cerdish. *Bon sang, c'est pire que ce que je m'imaginais. Tu as raison, Cedrych, je pense aussi que nous sommes seuls à présent.*

— Ça va, je crois que nous avons suffisamment donné le change.

— Pas certain, il n'y a eu aucune réaction, ni de Qalkulovitch ni de Lexhil.

— Pour ce qui est de Qalkulovitch, je crains qu'il ne soit pas en état de le faire : ça fatigue, les conversations mentales. Pour Lexhil, je suis d'accord, c'est bizarre, il devrait exulter.

— Sauf s'il attendait autre chose. Pendant ce temps, tu as peut-être retrouvé d'autres informations essentielles, Cédric ?

— Euh, oui, Firstub a dit que Lexhil devait croire qu'il avait réussi. La table a deux pôles, un positif et un négatif et plein de trucs entre les deux et il faut garder l'équilibre.

— Ben, ça veut pas dire grand-chose !

— Plus important peut-être, Firstub a dit que Qalkulovitch était virtuel, comme eux quand ils nous remplacent. C'est une sorte d'outil qu'utilise Lexhil pour nous tromper.

— Alors tout ce qu'il nous a raconté serait faux et Lexhil cherche à nous manipuler.

— Pas si sûr, il est narcissique, il se peut qu'il ait besoin qu'on l'admire ou quelque chose de ce genre.

— C'est possible parce que Firstub a aussi dit qu'il utilisait nos désirs, nos peurs, nos doutes et même notre détresse... et si ça ne suffit pas, il invente.

— Pfff, comment on va se sortir de ce merdier !

— Ben, ça ne va pas vous plaire, mais Firstub a dit autre chose...

— Bah qu'est-ce que tu attends !

— Euh, il a dit que Lexhil et nous, c'est pareil, le même bonhomme, quoi. Et il a ajouté que tant que nous ne serons pas à nouveau un, la Terre sera en danger. Voilà, je l'ai dit.

— Merde, ça dépasse tout le reste ! Je comprends qu'ils ne voulaient rien nous dire. C'est une vraie mission de kamikaze.

— On est encore plus seuls, parce que clairement, tout ce que Cédric a vu est faux aussi. Je sais pas vous, mais moi, je me sens encore plus vidé que les autres là-bas...

— Vidé, c'est tout ce que tu trouves à dire ! Moi, je suis dégoûté, écœuré, révolté. On sait enfin de quoi il retourne quand on n'a plus aucun moyen d'y échapper, parce qu'il est clair qu'ils ne nous ramèneront pas chez nous. Et l'autre sur sa plage, qui nous a brossés dans le sens du poil. Volontaires, mais je suis pas volontaire du tout... !

Devant la violence de la réaction de Cedrik, je me suis isolé. Il a tellement raison que je me sens plus anéanti que jamais.

Le silence pesant et la fatigue viennent à bout de mes résistances.

14 – *Scorpion*

Encore le désert ! En plein jour, la chaleur est suffocante. Le sable à perte de vue devant moi forme des ondulations qui semblent se déplacer à l'horizon. Oh ! Attention aux mirages… Bon sang, je crois que c'est pire le jour que la nuit ! Il faut que je retire ma veste pour me faire un turban et protéger ma tête. Tiens, j'ai encore ma tenue de bureau ! Bon, pas de panique, c'est sûrement juste un rêve. Un cauchemar, je commence à m'y faire. J'espère qu'il ne sera pas trop long, parce que je déteste avoir soif. Cette fois-ci, j'ai un avantage énorme : je peux voir où je suis.

C'est drôle, dans mes rêves, j'ai toujours ma tenue de bureau. Je ne suis pourtant pas un inconditionnel du costume-cravate, ou alors c'est un indice. Je ne sais pas si on peut attraper une insolation en dormant, mais, si jamais ce n'était pas un cauchemar, il vaut mieux que je me protège.

Entre les dimensions parallèles, mes cauchemars, les transmissions de Tulay et ma réalité, je n'ai plus vraiment de repères. Je dois déjà avoir attrapé un sacré coup de soleil sur la nuque. Non, il ne faut pas que je commence à y croire ; c'est un cauchemar et je vais tomber du lit, un point c'est tout.

J'ai de la chance, aujourd'hui, il n'y a pas de vent. La première fois, le vent, c'était insupportable. Pas de vent, mais quelle chaleur ! Si ça continue, je vais regretter la nuit, surtout que je n'ai pas mes lunettes de soleil. Y'a pas, il faut que j'avance, parce que s'il ne se passe rien, je ne vais peut-être pas me réveiller. Pfff, je vais obligatoirement me réveiller. Et derrière…

Des rochers ! Ah ! Ça doit être mon jour de chance… ou un mirage… De toute façon, je n'ai pas le choix, je ne vais pas rester là à rôtir comme un poulet. Une petite demi-heure de marche, tout au plus, et je pourrai me reposer en attendant de tomber du lit !

La vache ! Marcher dans le désert sous un soleil de plomb, c'est pire que ce que je croyais. Je transpire comme un bœuf, moi qui déteste l'odeur de la sueur. Heureusement que les rêves gardent leurs odeurs. Ouf, ce n'est pas un mirage, ils sont bien solides. On dirait des gros éboulis de montagne, sauf que je ne vois pas de montagne aux alentours. Ce n'est pas évident pour trouver de l'ombre, les blocs ne sont pas assez importants et le soleil est trop haut. Tiens, là en m'allongeant bien le long de la paroi, j'aurai au moins une partie du corps à l'ombre…

Bon, faisons un point. Tulay n'a rien à voir dans ce rêve donc ce n'est pas une transmission. La dernière fois que j'étais dans le désert, c'était au début, avant que je traverse la table. Hormis beaucoup de vent et une lueur rouge que je voulais atteindre avant de me retrouver par terre, il n'y avait pas grand-chose dans ce premier cauchemar. J'aurai dû poser des questions à Firstub, ça devait avoir un sens. Quelle galère, je n'ai jamais les informations au bon moment ! Il faut éviter de passer ma langue sur mes lèvres sans arrêt. Ça ne sert à rien, il fait tellement chaud qu'elles sont aussi sèches que mes yeux sans protection quand Lexhil a brûlé mes paupières.

Bon sang, mais c'était ça le message ! La lueur rouge, c'était son rayon laser ! Mais pourquoi est-ce que je voulais l'atteindre ? Ils sortent d'où, ces rêves prémonitoires ? Et qu'est-ce que j'aurais pu y faire ? Même si j'avais compris quelque chose, ça n'aurait rien changé. C'est pour ça que je ne pouvais pas l'atteindre. Je ne pouvais rien y faire. C'était juste un avertissement. Enfin, un avertissement qui ne sert à rien, j'aurais pu m'en passer.

Et maintenant ? Il ne se passe plus rien, je suis là, couché dans un désert brûlant, à attendre un hypothétique message. Tiens, il y a quelque chose qui bouge, là !

Le temps que je plisse les yeux pour distinguer une improbable réponse à toutes mes questions, une sueur glacée inonde mon dos. Le chaud-froid est redoutable, tout se rétrécit à l'intérieur alors que la totalité de mes poils est au garde-à-vous.

À environ cinquante centimètres juste devant le rocher sur ma droite, il est là, avec ses deux énormes pinces noires et sa queue courbée vers l'avant, en position d'attaque...

*
* *

Je me réveille assis en sueur au milieu de mon lit de fortune, chez Lexhil. Je tâte le matelas dans tous les sens, heureux comme jamais d'être là. Doucement, je commence à réaliser. Un scorpion ! Qu'est-ce que ça peut bien vouloir dire ? Les arachnides, je n'ai jamais aimé. Je ne faisais pas la chasse aux araignées, mais je préférais grandement qu'elles restent dehors. Alors, un scorpion ! J'en ai encore les mains moites.

Je réveille les trois autres... et une fois encore notre communion mentale est fulgurante :

— Le scorpion, c'est un animal fascinant. On le retrouve dans beaucoup de symboliques. Il peut signifier des choses aussi opposées que la passion, la mort, la solitude, la guerre ou encore le sexe, pour ce que je me rappelle de mes lectures sur le sujet, propose Cerdish.

— Ça ne nous aide pas beaucoup !

— Je doute que le sexe ou la passion ait quelque chose à voir dans notre histoire, reste la mort, la solitude ou la guerre. Rien de bon pour nous.

— En plus, si tu t'es réveillé avant de le détruire, ça semble vouloir dire que nous serons encore des spectateurs impuissants.

— Alors, à quoi ça sert de nous prévenir ? Et d'ailleurs, qui nous prévient ?

Dès leur réveil, j'ai transmis mon rêve en bloc-pensées aux autres. Je me sentais tellement mal et surtout je ne voulais pas recommencer l'erreur de la veille. J'avais décidé de transmettre tout ce qui m'arriverait, puisque Lexhil semblait avoir décidé qu'il ferait de moi un objet de discorde.

— À moins que le scorpion ne représente Lexhil...

— Bon sang, comment j'ai pu passer à côté ? Ça ne peut être que ça, et il était en position d'attaque. On y est, il va passer à l'offensive. Il faut absolument qu'on fasse quelque chose pour l'en empêcher.

Nous n'avons pas le temps de nous consulter davantage : le rituel du matin est toujours de rigueur, nous sommes à nouveau conduits dans la salle de projection. La configuration n'a pas changé et je crains le pire pour mes paupières qui, bien que déjà cicatrisées, restent très sensibles.

Je m'allonge. Toute résistance est inutile à ce stade, surtout en présence des palpeuses. Seul l'écran du plafond s'allume. Je reconnais immédiatement l'esplanade de La Défense, déserte. Puis, après quelques instants où l'écran se brouille, Lexhil prend la parole. Ce n'est pas à nous qu'il s'adresse, on dirait qu'il est dans une salle avec plusieurs autres hommes. Le message est très haché, la communication semble vraiment mauvaise, comme s'il était filmé à la sauvette avec du matériel d'amateur, ou alors ça vient de trop loin...

A priori, il propose d'échanger du riz contre... Non, ce n'est pas possible, la Terre ne peut pas en être là !

*
* *

Dès la fin de cette étrange scène, nous sommes reconduits. Pas un seul commentaire de Lexhil. De nouveau seuls, les autres reprennent contact comme si notre dortoir était plus sécurisant que le reste du site.

— Vous avez compris, la Terre subit une famine sans précédent suite aux explosions solaires.

— Oui, c'est en gros ce qu'il a dit, mais je ne vois pas le rapport entre explosion solaire et famine.

— Oh, c'est assez simple, des explosions solaires très importantes peuvent perturber toute la planète en détruisant l'intégralité de notre système électrique. Nous sommes devenus ultra dépendants de nos réseaux électriques. Une forte surcharge provoquée par une grosse tempête solaire suffirait à nous couper les uns des autres, mais pas seulement, car nous dépendons pour presque tout de l'électricité. De nos jours, notre industrie dépend de l'électronique, si de nombreux systèmes ont été prévus pour faire face à des pannes classiques, rien n'a été envisagé pour faire face à une destruction généralisée. Mon prof de physique nucléaire disait qu'il faudrait plusieurs mois avant de rendre à nouveau notre système viable si une catastrophe mondiale arrivait. Or, si ma mémoire est bonne, il me semble qu'il peut y avoir une explosion de ce type tous les trois cents à cinq cents ans.

— Il a dit n'importe quoi, ton prof, Cerdish ! S'il y avait eu ce genre d'explosion, même il y a cinq cents ans, il y aurait des écrits sur le sujet.

— Il y en a eu, dans le monde scientifique, mais pas au niveau du public. À l'époque, l'impact électromagnétique a forcément été très faible. On utilisait peu, voire très peu, l'électricité et pas du tout de la même manière. Aujourd'hui, notre économie repose sur l'électronique, nous sommes devenus très vulnérables…

— En admettant que ce soit le cas, on ne peut pas, en quelques jours ou semaines, être face à une situation de famine mondiale.

— Peut-être que si, ça, j'en sais rien. Monsieur Vandekhor y a fait allusion quand tu y étais, Cédric, et peut-être que c'était ça qu'il voulait faire croire à Lexhil. J'ai eu l'impression que cette menace rendait tous nos dirigeants pieds et poings liés face à Lexhil.

— C'est pour ça, tous les champs de riz, je crois que je commence à comprendre…

— Pourquoi lui tendre la perche ? C'était forcément un piège.

— Si Lexhil n'a pas commenté sa vidéo, c'est qu'il n'est pas ici, mais chez nous et nous, on est là, impuissants !

À ce moment-là, une énorme décharge électrique traverse mon crâne et je me retrouve en communication avec Tulay. Je ne suis visiblement pas présent dans cette scène, je reconnais le bureau de monsieur Vandekhor. Firstub, Tristan et monsieur Vandekhor apparaissent devant moi. Je ne vois pas Tulay, mais j'entends sa voix. Firstub se tourne et demande :

— Tu as réussi à contacter Cédric ?

— Je crois que c'est bon, mais faites vite, c'est le premier essai de cette façon, et je ne sais pas si je tiendrai longtemps.

Je vois Firstub de face et, comme s'il me voyait, il ajoute :

— Cédric, la situation ici est beaucoup plus dramatique que ce que tu as vu. Quand tu es venu, nous avions réussi à maîtriser la première tentative de Lexhil et à détourner les effets de l'explosion solaire. Nous voulions qu'il pense avoir atteint ses objectifs, mais il n'a pas été dupe. Il a réussi à en provoquer une beaucoup plus puissante, c'est sans précédent dans l'Histoire. À l'heure actuelle, il tente une manœuvre qui le rendra maître de tous les dirigeants de notre planète. Le temps est compté, vous devez impérativement aller dans la grande salle de Lexhil et traverser tous les quatre ensemble la table noire. Je sais que je vous demande quelque chose d'énorme, mais vous êtes notre dernière chance et…

*
* *

J'ouvre péniblement les yeux, trois visages inquiets tournent au-dessus de ma tête.

— Cédric, ça va ?

Je cherche à me redresser et tout part dans une espèce de spirale, par réflexe, je ferme les yeux, mais c'est pire encore. Cette fois-ci, je suis aspiré vers l'arrière. Je sens qu'ils me soulèvent. Assis, j'ouvre à nouveau les yeux avec une forte sensation de nausée.

— Bon sang, je préfère être à ma place qu'à la sienne !

La bouche pâteuse, j'articule de manière presque inaudible.

— Faut faire vite, pas réfléchir, passer par la table noire…

Le déchaînement des exclamations qui suit me renvoie dans les abysses profonds de l'inconscience.

Quand enfin je reprends mes esprits, ils attendent. Seul Cerdish prend la parole tout doucement, comme s'il avait affaire à un grand malade.

— Comment te sens-tu ?

— Pas le temps de s'occuper de mon état, il y a urgence, nous devons aller ensemble de l'autre côté de la table noire.

— C'est ce que tu nous as déjà dit. As-tu d'autres informations ?

— C'était très court, seul Firstub a parlé, il a juste dit que c'était beaucoup plus grave que ce que j'ai rapporté l'autre fois. Si nous ne le faisons pas, Lexhil va dominer la Terre, j'en suis sûr.

Ils ont tous l'air très soucieux.

— Nous en avons longuement parlé en attendant que tu reprennes connaissance. Rester ici comme des larves emprisonnées sous terre est encore plus intolérable que de tenter ce qui nous paraît être la pire folie qui soit. Tu es resté inconscient plus d'une heure trente, et une heure trente ici c'est un peu plus de deux jours et demi là-bas. Qui sait ce qu'il s'est passé pendant tout ce temps. Être ici à imaginer tous les scénarios possibles est insupportable. Nous sommes prêts, il ne reste que toi.

Jamais je n'ai senti une telle détermination. Le timbre de sa voix en est presque transformé. Je n'ai pas besoin de me poser la moindre question. Y aller est une évidence.

15 – *Passage*

Ils se dirigent vers la porte. Je suis. Nous avons déjà perdu beaucoup trop de temps.

Le couloir est noir et visiblement vide.

— Pourquoi vous ne m'avez pas réveillé plus tôt ? Deux jours, c'est énorme !

— On avait besoin de temps pour élaborer un plan et il fallait que tu aies récupéré. Nous n'avons aucune idée de ce qui nous attend. Il vaut mieux que tu sois en forme.

Interloqué et assez sceptique quant à nos possibilités d'action, je m'inquiète.

— Et vous savez comment faire ?

— On a plusieurs éléments qui peuvent nous être favorables. D'abord, rappelle-toi, Barzok nous a dit que nous possédions les plans du site dans notre inconscient. Nous nous sommes concentrés pour les ramener au niveau conscient. C'était assez long, mais ça a marché.

— Nous avons fait quelques tests et sorties préalables, pour voir si c'était possible. Je ne sais pas comment interpréter tout ça, mais voilà les éléments : la porte de notre dortoir n'était pas fermée, comme tu as pu le constater, et les couloirs ne sont pas gardés.

— Lexhil n'est pas un imbécile, on est en train de se jeter dans un guet-apens…

— On y a pensé, mais je ne crois pas que nous ayons une alternative et l'attente a été assez longue comme ça !

Nous avançons à tâtons en longeant la paroi. Le noir est total, pourtant j'ai la certitude de savoir où je vais, comme si j'étais téléguidé. La voix de Barzok résonne dans ma mémoire. Il disait vrai ;

nous circulons intuitivement dans les couloirs du tunnel. Pourtant, je me sens très mal à l'aise.

— Ça ne me plaît pas ! J....

La lumière jaillit, aveuglante, et instinctivement nous baissons la tête, protégeons nos yeux et courbons le dos pour nous redresser en écartant légèrement les doigts presque aussitôt.

— Et merde, c'était prévisible ! Il doit y avoir un système de capteurs thermiques ou je ne sais pas quoi. Le comité d'accueil n'est pas sympa !

Face à nous, une barrière de dix grosses palpeuses, toutes ventouses dehors, bloque le passage. Par réflexe, je me retourne sans conviction. Il y en a autant derrière.

— Y'en a partout !

Pas de réponse. Pas le temps. Celles de derrière s'avancent, agressives. Devant, elles s'écartent à peine, nous laissant un passage plus que très serré entre leurs ventouses dilatées.

Doucement, Cerdish avance, les bras collés au corps. Je le suis, tendu et compact comme un manchot. Le moindre faux geste serait fatal. En quelques secondes, nous nous retrouvons à la queue leu leu, entourés d'un cortège de boules de pus. Je ne pense plus, j'avance !

Je sais où nous allons, visiblement Lexhil aussi ! Dans quel but nous conduit-il vers la grande salle ? A-t-il capté le message de Tulay ? Une fois de plus, nous sommes baladés avec cette horrible sensation de n'être que des pantins, à l'image de tous les clones qui peuplent cet espace.

— À ce niveau-là, ce n'est plus une sensation, Cédric ! Non seulement nous ne maîtrisons rien, mais il est très clair que Lexhil sait où nous voulons aller. Les vraies questions sont plutôt : comment le sait-il ? Capte-t-il les messages de Tulay ou est-il lié à nos cerveaux ? Ce ne serait pas impossible, puisque nous sommes les composantes d'une même entité !

— Tu ne nous conçois même plus comme des humains ! Tu me fais peur, Cerdish.

— Tu n'as pas compris, je ne dis pas humain juste parce que, quelque part, je crois que j'ai accepté d'être seulement une partie, mais du coup, ça ne colle plus avec ma notion de ce que je croyais être.

— Franchement, c'est pas le moment de philosopher !

— Au contraire, Cedrik, j'essaye de détourner votre attention pour...

— Pour rien du tout, on arrive exactement où on voulait aller. S'il fallait une preuve qu'on nous mène en bateau, la voilà !

— À moins que Lexhil ait aussi besoin d'une confrontation pour arriver à ses fins.

Nous franchissons la porte de la grande salle, anéantis. Les palpeuses s'écartent. Malgré l'air nauséabond, j'ai la sensation de pouvoir respirer, enfin. La pièce semble encore plus sombre que la dernière fois. Le trou dans la table est béant, une sorte de boue noirâtre et bouillonnante recouvre les cernes centraux dissous. L'ordre de Firstub me tétanise. Impossible. Impensable. Jamais je ne pourrai me fondre dans ce magma putride.

La salle s'obscurcit davantage, je distingue une onde opaque qui se forme au-dessus du tourbillon, s'élève puis se répand dans toute la salle. En quelques secondes, elle avale tout.

Ma perception s'est dilatée en même temps que l'onde. Je suis dans un corps visqueux, flasque et je...

— Résistez !

Je me sens tiraillé, étiré, meurtri à l'intérieur, comme si on m'avait roué de coups. Fallait pas, fallait pas venir ici ! L'écartèlement s'intensifie. La douleur intense s'étend et se diffuse des articulations vers tous mes muscles. Je vais éclater. Merde, je vais éclater ! Je veux crier, mais à l'opposé de mon corps, mon cerveau est de plus en plus comprimé, pris dans un étau de fer, il ne commande plus rien. Les messages s'emmêlent, envahissent tout ce que je crois être moi. Résiste ! Lâche tout ! Résiste ! Lâche tout !...

Le tourbillon s'emballe et je perds toute conscience de ce moi qui n'était pas moi...

J'ai tout lâché, je suis libéré de cette douleur insoutenable, mais je ne suis plus rien, je ne perçois que ce magma glacé dans lequel je baigne. Je n'existe plus. Je… Suis-je cette mélasse… ? Je me sens étranger à ce que je suis censé être, je n'ai plus envie, je me laisse aller, je…

— Résistez, nous sommes encore liés, nous avons quitté nos clones et sans doute une autre partie de nous-mêmes, mais ce n'est pas si différent de ce que nous avons vécu en salle G.

— T'es malade, ça n'a rien à voir, c'est… C'est dégueulasse !

— Gardez votre sang-froid, c'est juste le milieu qui est différent, le bain quoi ! On n'est pas compatible avec et, du coup, c'est à la limite du supportable.

— Non, c'est pas à la limite, c'est intenable, on est cinglés de s'être jetés dans ce bourbier !

— Cédric, accroche-toi, résiste !

Dans l'obscurité, ce qui doit être mes yeux distingue une petite lueur rougeâtre, puis une autre, une troisième… Elles s'intensifient, se densifient, prennent forme. La décharge est puissante, mais efficace. Elle me ramène à la dualité. Je ne me perçois pas encore sous forme humaine, plutôt comme une sorte de boule presque identique aux palpeuses, mais sans les ventouses, et plus grosse encore. Je ressens la présence de trois autres masses positives à mes côtés. Elles se rapprochent.

Dès que nous reprenons contact mentalement, la sensation d'écartèlement ralentit en même temps que la pression cérébrale se détend. Arrivés au point d'équilibre, nous recommençons à nous densifier et, progressivement, nos corps clonés enveloppent les lueurs rouges.

— On est passés !

— Merci, Cedrych, sans toi je crois que je n'y serais jamais arrivé. Je viens de comprendre ce que voulait dire Firstub par « une seule et même entité qui peut se décliner sous de multiples apparences et vivre de multiples expériences ».

— Sauf que, pour nous, l'apparence est plutôt limitée au modèle unique. Ce que nous venons de ressentir, c'est plus que ça. Dans notre cas, unité signifie « tous ou aucun ». Au cas où vous ne l'auriez pas ressenti, nous sommes devenus indissociables, une sorte de cerveau à quatre corps...

— Cédric, c'était ça ton premier rêve, dans le désert ! Tu te rappelles, tu t'es bien réveillé quand tu voulais rejoindre une lueur rouge ?

— Oui, mais il n'y en avait qu'une, pas quatre. Eh ! Ça se dissipe... oh, oh, tu as raison, Cerdish, je crois bien qu'on est dans un désert !

Autour de nous, l'atmosphère s'allège de plus en plus, à nouveau la lourdeur de mon enveloppe corporelle me scelle au sol. La pesanteur reprend ses droits.

— Pfff ! Si je reviens vivant à Paris, il faudra vraiment que je me prenne en main, qu'est-ce que je suis pataud ! L'impression de peser quinze tonnes...

— Tourne-toi. Derrière, ça ressemble aux rochers de ton dernier cauchemar, mais ils ont l'air loin !

— Je crois bien que Lexhil nous propose une rencontre... à son avantage !

— C'est clair, et je pense qu'il veut jouer un moment, on est équipés pour, on dirait !

— Ben franchement, la tenue de Bédouin, c'est plus confortable que le costume, et de toute manière, on n'a plus vraiment le choix. J'espère que vous avez pris conscience que nous ne pouvons plus sortir de cet espace, ou du moins qu'on ne sait pas comment le faire.

— Aïe, c'est vrai que je doute qu'on croise Parolaÿ de ce côté. Pas de Parolaÿ, pas d'arbre à fente, donc pas de retour chez nous !

— Allez, en route, il fait une chaleur à crever et, à vue d'œil, on en a pour une bonne heure.

Il y a quelque chose d'impalpable, de différent par rapport à mon rêve, mais je ne saurais définir quoi exactement. Je me sens très mal à l'aise, non pas que je devrais me sentir bien, puisque je déteste le sable et la chaleur, mais c'est autre chose, une sensation plus désagréable encore.

— Je déteste ça, il maîtrise tout ici. Si ce que Qalkulovitch a dit est exact, je crains le pire.

— Il faut qu'on passe outre et qu'on soit capables de se concentrer sur nos atouts. Je ne sais pas ce qui nous attend dans ces rochers, mais notre puissance, c'est notre unité mentale.

— Et le pouvoir caudal.

— À un détail près : Lexhil sait que nous l'avons, alors qu'il ignore tout pour la symbiose mentale.

— Pas… STOOOP !

Le sol vibre sous nos pieds. Immédiatement, nos cerveaux réactivent le souvenir du clone absorbé par le ver. Un frisson d'horreur nous immobilise sur place. Le monstre jaillit environ trois mètres devant moi. Déstabilisé, je perds l'équilibre. Couché sur le côté, paralysé par la peur, je l'observe. De sa gueule béante d'au moins un mètre de diamètre se déploient huit tentacules qui explorent frénétiquement le sol environnant, à la recherche de sa proie. Le souffle bloqué, tendu à l'extérieur, liquide à l'intérieur, je n'entends plus rien d'autre que mon cœur qui bat fort, trop fort. Avec d'infinies précautions, je me relève. Je sens une vague de panique monter quand l'extrémité d'une de ses extensions fouille le sable à une cinquantaine de centimètres de mes pieds. Fuir, n'importe où, fuir.

— Ne bouge pas ! Ne bouge surtout pas. Il ne t'a pas repéré. Respire très doucement par le nez, lentement, très lentement. Regarde, il recule… il cherche de l'autre côté.

Comme dans un rêve, je le vois rétracter ses antennes annelées et disparaître dans le sable au ralenti. Cedrych continue à me soutenir. Tout semble interrompu, suspendu au moindre geste. Le sol vibre encore.

— Restez immobiles. Il est toujours en dessous.

Plantés là, incapables de réagir, nous sommes à l'écoute du moindre frémissement sous nos pieds.

Après quelques minutes interminables, j'explose convulsivement :

— C'était quoi, ce truc ? Y'a pas d'eau, ici ! C'est un désert, pas une rizière.

— Ne bougez toujours pas. Il était beaucoup plus gros que celui de la rizière et, visiblement, il fonctionne à l'envers : ce sont les vibrations de nos pas sur le sol qui l'ont alerté. Il est suffisamment perfectionné pour évaluer l'endroit exact où on doit se trouver.

— J'comprends pas, Cedrik, il m'a quand même raté de trois mètres !

— Réfléchis, à l'échelle du désert qui nous entoure, trois mètres, c'est dérisoire. De plus, entre le moment où tu t'es arrêté et le moment où sa gueule a jailli, c'est à un mètre près l'endroit où tu serais arrivé si tu n'avais pas stoppé net.

— C'est encore pire que dans la rizière ! On ne peut pas rester là, immobiles, à se dessécher au soleil.

— Au lieu de s'égosiller, on ferait mieux de réfléchir, conclut Cerdish, nous invitant à continuer mentalement.

J'avais déjà remarqué que la communication en direct était plus rapide, mais cette fois-ci, je la trouve également plus efficace. Les mots, les idées sont plus fluides, plus directs et surtout plus précis, car l'image passe avec la pensée exprimée.

— Nous sommes étalés sur environ six mètres de large, il faut que nous trouvions une stratégie pour pouvoir avancer en alternance en nous éloignant suffisamment les uns des autres pour former une sorte de grand rectangle. Ensuite, on continuera, mais en progressant vers les rochers pour atteindre la montagne qui est derrière. Je ne sais pas si vous avez remarqué, mais il a l'air assez lent dans ses déplacements et nous avons un avantage énorme : le sol vibre à son approche quand il bouge, et une sorte de dépression le précède. Depuis son départ, il y a un petit monticule qui s'est formé sur la droite, à environ cinq mètres. Je pense qu'il absorbe du sable quand il avance rapidement puis l'évacue, avant de recommencer.

— Donc, il est encore sous nos pieds, immobile, à attendre qu'on bouge. Et il mesure pas loin de huit mètres, avec un diamètre d'au moins un mètre.

— Possible, ta remarque me paraît assez juste, il absorbe et rejette du sable pour avancer. Ça nous permet de savoir où se trouve sa queue, et surtout, sa gueule. On peut aussi supposer que, vu la taille, il va avoir du mal à se retourner aisément en dessous.

— Ça veut dire qu'on avancera obligatoirement sur un sol très chaotique entre les vibrations, les dépressions et les monticules, c'est pas gagné !

— De toute façon, faut y aller. Je commence, je suis à l'opposé de sa gueule. J'avance en diagonale le plus loin possible vers la droite.

Sitôt pensé, Cedrik passe à l'action. Il réussit à progresser d'environ cinq mètres avant de s'immobiliser quand nous lui en transmettons l'ordre mental. Le ver n'était pas parti, il réagit immédiatement. Il surgit tout près de lui. Tout au plus deux mètres les séparent. Cedrik, déséquilibré à son tour, roule du bon côté de la dépression et s'éloigne du danger.

Cerdish, qui se trouve à l'opposé, tente immédiatement de détourner l'attention du ver et s'élance avant que les huit tentacules ne se déploient. Notre théorie était juste : le monstre doit parcourir un arc de cercle sous le sable, ce qui permet à Cerdish d'avancer d'une quinzaine de mètres avant de recevoir le stop mental que nous envoyons dès que la dépression formée par l'aspiration du sable s'approche dangereusement.

— Il faut que nous mettions un maximum de distance entre nous. Vous avez remarqué, il est beaucoup moins fiable quand il n'est pas en ligne droite.

Le ver a raté sa cible de presque quatre mètres, Cerdish a réussi à rester sur ses pieds. Cela nous permet de faire une pause pour affiner notre stratégie pendant qu'il tâtonne autour de ses énormes lèvres grises.

— Si nous avançons en zigzag, ça pourrait le perturber davantage.

— C'est très dangereux, d'une boucle à l'autre, nous risquons de le voir sortir beaucoup trop près. Plus nous serons éloignés les uns des autres et moins nous serons précis dans notre appréciation des distances. Nous n'avons pas le droit à l'erreur. C'est à toi, Cédric, on garde la même direction.

Sans prendre le temps de penser davantage, les tripes complètement nouées, je m'élance, remettant entièrement ma vie entre leurs mains. Malheureusement, même avec les chaussures de Bédouin prévues pour le sable, je cours plus maladroitement que dans mes rêves. J'ai à peine parcouru cinq mètres quand un « STOP » hurlé entre mes deux oreilles me cloue sur place. Le ver furibond apparaît, gueule béante, à moins d'un mètre cinquante de moi, me projetant plus violemment encore au sol. Sans attendre qu'il me cherche, Cedrych démarre à son tour, totalement à l'opposé. Un grondement sourd accompagne le départ de l'énorme bête, forcée de faire un demi-tour. À peine relevé, le sable devient très instable.

— Cramponne-toi comme tu peux, Cédric, il vide son sable !

La sensation terrible de ne plus avoir confiance dans le sol est, je crois, la pire des choses que j'aie jamais vécues. Complètement déséquilibré, je me retrouve projeté, la face dans le sable. Ma chute alerte le monstre qui interrompt sa courbe pour former une sorte de S. Les yeux écarquillés face à la dépression qui se forme juste devant moi, je réalise que je vais rouler dans son estomac.

— La caudale !

L'ordre éclate comme un cri de guerre, je me concentre automatiquement. Dans la seconde, je suis soulevé et dématérialisé au moment même où un vide béant happe mon pied droit. Flottant dans l'immatériel, je visualise la montagne bien au-delà des rochers.

16 – *Tempête*

Nous nous matérialisons le long d'un pan assez abrupt sous un surplomb rocheux.

Heureux d'être là, je m'assieds sur le bord, les pieds dans le vide, et contemple la splendeur de ce désert qui s'étend à perte de vue. Les autres ont préféré s'appuyer contre la roche.

— Ouf, on l'a échappé belle. Pourquoi on n'a pas pensé plus tôt à la caudale ? s'étonne Cedrik.

—Je ne suis pas certain que cela aurait fonctionné, ajoute Cedrych, perplexe.

—Je trouve ça plutôt cool, de pouvoir disparaître au nez et à la barbe de l'ennemi !

—Je ne partage pas ton enthousiasme, Cédric, même si je mesure à quel point tu es heureux de lui avoir échappé. Juste avant que nos cerveaux décident d'utiliser la caudale, je l'ai sentie vibrer. C'était comme si c'était elle qui me sollicitait et pas moi qui décidais de m'en servir. Avez-vous ressenti la même chose ? continue-t-il.

— Oui, en ce qui me concerne, j'ai eu la même sensation, comme un appel interne, approuve à son tour Cerdish. Du coup, je me demande si c'est inhérent à son fonctionnement, je veux dire par là, s'il n'est pas indispensable que nous ayons une forte décharge d'adrénaline pour qu'elle se manifeste, mais que nous restions libres de l'utiliser ou pas.

— Pour l'instant, chaque fois qu'elle s'est manifestée nous l'avons utilisée, du coup, je ne suis pas certain que nous puissions faire sans. Eh ! Cédric, attention ! Cedrik, rattrape-le, il va tomber !

Le paysage commence à vaciller comme si le désert devenait un immense mirage. Le cri de Cedrych, ses mains qui me tirent par les épaules, puis un sifflement strident qui balaye tout, et je bascule dans l'inconscience.

Le visage ovale d'une jeune japonaise, assez strictement vêtue d'un tailleur bleu marine, apparaît devant mes yeux éberlués. Elle semble avoir tout au plus vingt-trois ans. Son petit nez fin trace une ligne verticale harmonieusement placée au milieu des horizontales de ses yeux vifs et de sa bouche qui esquisse un demi-sourire. La voix de Tulay coupe court à ma stupéfaction :

— Nous pourrions, effectivement, adapter notre ligne aux goûts de vos compatriotes. Cependant, mon directeur commercial tient beaucoup à ce que les caractéristiques très typiques de cette gamme de produits ne soient pas modifiées. Les aménagements ne pourront donc porter que sur certains points que je suis prête à étudier avec vous.

Alors que Tulay vient à peine de terminer sa phrase, je la vois changer d'expression, des cris de panique retentissent hors du bureau où les jeunes femmes se trouvent. Sans sourciller et dans un français parfait malgré l'accent, la jeune japonaise intervient, arborant un sourire qui se veut rassurant :

— Ne vous inquiétez pas, ce n'est qu'une secousse sismique de plus. Cet immeuble est construit en conséquence, nous ne risquons rien…

Pendant qu'elle continue son argumentation, je vois derrière elle les objets qui vibrent de plus en plus fort sur les étagères. Le visage de la jeune Japonaise se ferme, son regard se détourne. Derrière elle, les rayonnages se vident de leur contenu sur le sol. Au milieu du bruit des objets qui tombent, du verre qui casse, je distingue nettement des pas de course et des cris affolés. L'intensité augmente, l'étagère se déforme sous la tension et s'écroule comme un fétu de paille.

— Sortons d'ici !

La jeune femme a littéralement changé d'expression, elle attrape Tulay par le bras et l'entraîne vers la porte. La secousse, de plus en plus forte, les fait tituber. Un grondement sourd couvre les cris de panique. Elles contournent tant bien que mal les obstacles qui jonchent le sol, parviennent à sortir dans le couloir où l'hystérie est à son comble. Des femmes et des hommes, tous de type asiatique, se précipitent vers la porte du fond qui avale déjà un flot titubant. Elles parviennent à atteindre l'escalier et, cramponnées à la rambarde, descendent vers les étages inférieurs. Un grondement plus sourd et puissant retentit juste derrière elles, Tulay se retourne et je vois, effaré, une portion du plafond qui s'est effondré sur les deux hommes qui les suivaient. Rapidement, ils se dégagent et Tulay, toujours tirée par le bras, reprend sa descente chaotique. À travers ses yeux, je comprends que l'intensité du séisme a encore augmenté. Tout chavire, comme dans un bateau en pleine tempête. Malgré leur démarche enivrée, elles atteignent la rue où le spectacle est plus impressionnant encore. Le temps semble s'être arrêté, tout me paraît instable à jamais. Mes oreilles bourdonnent. Les gens courent dans tous les sens, protégeant leur tête de leurs bras. Soudain, un cri plus strident attire son regard. Un homme, très agité, montre une faille qui se dessine dans le bitume au milieu de la chaussée, émettant un crépitement plus angoissant que le vrombissement métallique de l'immeuble qui ondule sur sa base. La panique monte d'un cran, Tulay s'accroche bien illusoirement à un lampadaire et hurle à son tour. Ses yeux se voilent. À travers ce brouillard de larmes, je vois la chaussée se dissocier en deux rubans, la partie droite s'enfonce d'une dizaine de centimètres. Le bitume continue de s'affaisser. Je réalise que les immeubles n'oscillent plus, les cris diminuent, quelques claquements sourds retentissent, puis tout semble vouloir se stabiliser. Tulay décroche son regard du bitume et balaye le spectacle de désolation qui l'entoure.

Sans transition, pour moi, c'est le silence total. Un silence lourd.

Après quelques minutes qui m'ont semblé durer une éternité, je me retrouve à nouveau dans cette rue au cœur du Japon. Le sol est redevenu stable. Des hommes et des femmes s'interpellent dans la rue. Je ne comprends pas ce qu'ils disent. Devant moi, un homme reçoit des soins. Je suis si près de lui que j'en conclus que Tulay a retrouvé ses réflexes d'infirmière. À nouveau, la scène s'obscurcit et j'ouvre les yeux, adossé à la paroi, face à ce désert immobile et immuable. Abruti par ce contraste, je regarde sans comprendre cette étendue de sable si tranquille à présent !

*
* *

— Lexhil est bien plus puissant que nous le pensons. Nous ne sommes pas seulement en lien avec Tulay, si l'un d'entre nous meurt ici, nous mourrons tous, et Tulay disparaîtra aussi de l'autre côté, précise Cerdish, pensif, dès la fin de ma transmission fidèle par images-pensées.

— Qu'est-ce qui te permet de dire ça ?

— Lors des transmissions, Cédric fait corps avec elle, il ne voit pas seulement à travers ses yeux, il reçoit des ressentis internes. Il n'est pas seulement spectateur.

— Ça augmente encore la pression sur nos têtes !

— Lexhil utilise ce canal. Il se sert de Tulay à travers nous. La dernière fois que nous avons été informés de ses faits et gestes, il tentait de convaincre les grands dirigeants de ce monde de lui accorder l'exclusivité sur le riz ; j'imagine sans mal que les pays asiatiques n'ont pas dû céder à un tel chantage. Il n'est pas parvenu à ses fins par la diplomatie, il utilise la terreur.

— C'était prévu que La Séclya étende son marché sur le Japon ?

— Non, il y a un mois, ça ne l'était pas, mais depuis, ça peut avoir changé…

— À moins que les traîtres infiltrés soient à l'origine de cette visite au Japon qui constitue une porte d'entrée pour Lexhil.

— Il faut faire vite, Lexhil est plus qu'infiltré.

— Oui, faire vite… Mais faire vite quoi ?

Trop occupés par cette transmission, nous n'avons pas perçu les changements autour de nous. Le ciel s'est assombri, le vent s'est levé et je vois la chose la plus hallucinante qui soit : le désert qui s'étendait à perte de vue il y a moins d'une demi-heure est à présent fermé par un gigantesque mur de sable qui avance à la vitesse d'une cavalerie à l'attaque.

— Vite ! Ne restons pas là, il faut que nous réussissions à passer de l'autre côté de la falaise.

— Protégez vos yeux et enrubannez tout le visage avec le chèche !

En quelques minutes, notre ascension devient un calvaire. La tempête de sable nous plonge dans la pénombre. La tête complètement enveloppée dans le turban, nous avançons à tâtons, à la queue leu leu, collés à la paroi de peur d'être précipités dans le vide par les bourrasques qui heurtent les flancs de la falaise, à la recherche d'une issue. Cerdish a pris la tête du convoi. Nos sens me semblent complètement déployés, je ressens nos huit mains qui se guident le long de ce mur, véritable fil d'Ariane. Toute la rugosité et les aspérités de la roche envoient une multitude de micro-informations avec une telle précision que j'ai la sensation qu'elle est le prolongement de ma paume et de mes doigts. À travers mes tuniques, je ressens les projections de sable, aussi violentes que des jets de cailloux. Le vent hurle sa haine à m'en faire exploser les tympans. Je ne vois vraiment pas comment nous pourrons nous en sortir, cette fois-ci. Instinctivement, je me colle davantage contre la paroi, quasiment immobile, quand ma main droite perd tout contact avec Cerdish.

Je fouille frénétiquement l'espace où il devrait être, mon pied glisse doucement le long de la roche à la recherche de son pied et ne rencontre que le vide. Cerdish, tombé ? Emporté par le vent ? C'est pas possible. Il n'a pas crié. Les rafales sont bien trop assourdissantes, je n'aurai rien entendu. Tendu à l'extrême, le souffle court, du bout de la pulpe de mes doigts j'explore plus avant, au risque d'être violemment arraché à mon tour. Impossible de prévenir les autres. Mes doigts continuent leur tâtonnement fiévreux. La paroi fait un angle à quatre-vingt-dix degrés. J'avance, prudent, réalisant que je suis en tête de file. Le souffle court, j'essaie de basculer sur l'arête sans permettre au vent de s'immiscer entre la roche et moi. Avec une conscience quasi surnaturelle de chaque partie de mon corps, je réussis à franchir l'angle. Le chemin continue. Je me sens fermement happé vers l'intérieur. Cerdish est là. Cerdish est vivant. Mon cœur, mon cerveau, je ne sais, tout exulte. Je n'y vois rien, mais le rugissement étouffé du vent, l'absence de la pression qui paralysait mes mouvements m'indiquent que nous sommes en sécurité dans une fissure, une fente assez profonde dans la paroi pour nous accueillir tous. Je progresse avec précaution pour libérer l'accès et permettre à Cedrik et Cedrych de nous rejoindre. L'effusion mentale est proportionnelle à la peur, seul Cerdish reste pratique :

— Il faut nous éloigner de l'entrée, l'air sera plus respirable.

L'entaille s'ouvre sur un espace suffisamment large pour nous servir de camp quelques heures et nous permettre de faire le point. Cerdish s'arrête à une dizaine de mètres de l'entrée.

— Il est inutile de nous aventurer plus loin, nous sommes suffisamment à l'abri. Nous reprendrons notre ascension dès la fin de la tempête de sable. Je ne suis pas certain que nous soyons plus en sécurité dans ce lieu obscur et puis… je suis un peu claustrophobe.

— Je partage ton avis, depuis que nous sommes ici, nous n'avons pas été épargnés. Lexhil s'amuse avec nous. Avancer dans le noir nous rendrait encore plus vulnérables, ajoute Cedrik.

— Il n'a pas l'intention de nous éliminer… du moins pas tout de suite. Sans cette tenue de Touareg, nous n'avions aucune chance de survivre.

— Oh, c'est certain, je pense qu'il nous utilise pour générer des cataclysmes chez nous…, le sable instable sous nos pas faisait écho au tremblement de terre que nous a transmis Tulay, qui sait à quoi peut correspondre cette tempête hors du commun, conclut amèrement Cedrych.

Sans les voir, je sens leurs regards interrogatifs pesant sur mes épaules.

— Rien, aucune transmission, je suis désolé.

Le flot des sentiments que je reçois me réchauffe le cœur. Nous sommes soudés par le mental et par autre chose de plus puissant.

— Lorsque nous étions de l'autre côté de la salle G, nous vivions des expériences en relation avec nos peurs. C'est bien ce qu'ils nous ont expliqué, vous me suivez ? commence Cerdish.

— Donc, de ce côté, c'est la même chose. C'est là que tu veux en venir ?

— Oui. Quand nous étions chez Lexhil et que Tulay avait disparu, je crois me souvenir que Firstub a dit que, de l'autre côté, c'était désespérément vide quand tout était débranché.

Assez fier de ma mémoire, je fanfaronne :

— Je me rappelle, c'est précisément : « Quand tout est déprogrammé, c'est lamentablement vide ».

— Donc tu penses que c'est la même chose de ce côté. En clair, tout est programmé par Lexhil. Ça rejoint ce que nous pensions tout à l'heure, il nous utilise ou il teste nos réactions, continue Cedrych.

— Ça ne nous aide pas vraiment. Pouvons-nous faire comme si ça n'existait pas ? Je n'avais aucune envie de tester la réalité du ver tout à l'heure, pas plus que de me laisser emporter par la tempête. Je ne vois pas où tout cela nous mène.

— Moi non plus, mais il faut absolument que nous utilisions notre cerveau à quatre. Firstub et Barzok l'ont dit et on ne peut pas rester là, à attendre sans cesse l'épreuve suivante, surtout si sur Terre c'est de pire en pire. Il faut qu'on trouve sa faille.

— Waouh, évidemment, si nous sommes identiques, tu as raison, il a forcément une faille…

— Quand j'étais en attente, avant de me matérialiser dans les W.-C. de La Séclya, j'étais dans un état très particulier. Je ne peux pas expliquer pourquoi, mais si cet entre-deux était leur solution pour échanger les messages, c'est peut-être aussi cet état-là que nous devons atteindre pour nous extirper de Lexhil et, dans un premier temps, l'empêcher de nous manipuler à sa guise.

— Le seul problème, c'est que toi seul es capable de le retrouver et de nous y conduire. Tu crois que tu peux essayer ?

Je m'isole. Le défi est immense.

Firstub a raison, nous avons chacun nos particularités. Les autres sont plus dans l'analyse ou l'action, et moi je suis un émetteur-récepteur. J'ai donc forcément emmagasiné des données concernant cet état. J'étais tellement inquiet, pas assez attentif. Je ne peux pas échouer, il faut que je me concentre. Il y a eu la gélatine, le transfert puis tout s'est ralenti et... J'ai paniqué parce que je ne sentais pas mon corps se densifier. J'ai essayé de respirer, ça fonctionnait, mais différemment, je ne sentais pas l'air et j'ai cru que j'étais mort. Pfff, il manque quelque chose, j'avais une drôle de perception de l'espace autour de moi. Il faut absolument que je la retrouve... J'y suis, c'est ça, je suis sûr que c'est ça.

— Je crois que j'ai la solution. Je n'avais pas de corps, mais je ressentais l'espace comme s'il était plus compact, plus enveloppant que l'air. Ça me maintenait là. Je savais que je respirais puisque je me forçais à le faire, mais c'était douloureux, je ne sentais pas mon corps, ni l'air qui rentrait dedans... seulement une douleur. Je voyais aussi des cercles, avec un point au centre, qui se déplaçaient ou qui étaient portés par cette matière. Je crois que c'est tout.

— C'est déjà beaucoup. Si on se concentre à quatre sur les sphères que tu décris et sur notre respiration, ça pourrait marcher. Communique-nous tout ça en pensées-images, qu'on ait tous la même vision.

Après un temps de respiration volontaire et attentive qui semble infini, je les vois apparaître. Instantanément, je sais que cette vision est commune.

D'abord fugaces, les petites sphères deviennent de plus en plus précises. Transparentes comme du cristal poli, elles ont une structure d'aspect gélatineux avec un point dense au centre. Estomac, cerveau ? Elles irradient une faible lueur et doucement s'éloignent de nous puis convergent vers le fond de la petite salle dans laquelle nous sommes. Je distingue une étroite ouverture qui s'enfonce vers le cœur de la falaise. Collées les unes aux autres, elles éclairent l'espace qui les entoure comme une invitation à les suivre.

Sans hésiter, nous avançons. Autour de nous, l'air s'épaissit et respirer devient vraiment difficile. J'ai l'impression que mon corps est également plus lourd, comme coincé dans une combinaison d'astronaute. Nous nous laissons guider vers les profondeurs.

17 – *La goule*

Subjugué, presque dans un état de transe, j'avance, l'esprit envahi par le souvenir de Tulay. Les petites sphères effectuent une drôle de danse, s'écartant puis se rapprochant de manière aléatoire tout en continuant à nous conduire à travers un goulet qui descend en pente douce.

Tous les ingrédients sont réunis et je me retrouve de nouveau derrière le cristallin de Tulay.

C'est Tristan qui apparaît, particulièrement grave, les traits durcis, le regard froid, il parle très vite :

— Cédric, Lexhil a rencontré de nombreuses résistances, ces derniers jours. Après avoir proposé aux plus grands dirigeants mondiaux un marché qui lui accorderait la main mise sur la nourriture mondiale, il s'est déchaîné contre les pays asiatiques qui ont refusé son offre. C'est ce que Tulay t'a transmis la dernière fois. Depuis, les grandes puissances se sont ralliées derrière les pays orientaux pour résister. Les représailles ont été terribles, Lexhil a provoqué, je dis bien, provoqué, une explosion solaire sans précédent. La violence était telle que l'axe de la Terre s'est déplacé. Nous n'avons plus aucune liaison satellitaire, la crise est générale, les conditions de survie sont extrêmement difficiles pour le peuple et il a réussi à faire passer de ce côté ses bonnets rouges. Vous devez l'obliger à fusionner, c'est urgent. Nous n'avons plus aucune autre issue.

*
* *

— C'est… Que… Je suis tombé ?

— J'ai juste eu le temps de te rattraper. Au début, j'ai cru que tu avais glissé, nos chaussures sont plus adaptées pour marcher dans le désert qu'au fond d'une grotte, mais vu les expressions de ton visage et les spasmes qui agitaient tes jambes, j'ai compris qu'une transmission avait lieu. Ça avait l'air important.

— Important, c'est pire que ça. Je transmets.

Après à peine quelques secondes, Cedrik réagit :

— Je ne reçois rien, y'a un problème.

— Moi non plus. Il semblerait que nous ne pouvons plus communiquer par les pensées… ajoute Cerdish.

— C'est peut-être dû au lieu, continue Cedrych.

— Ce n'est pas logique, on y est ensemble et la transmission avec Tulay est passée !

— On n'a pas le temps de tergiverser là-dessus, Cédric, essaie de raconter le plus fidèlement possible, conclut Cerdish.

— Oh, ça ne va pas être très difficile. J'ai vu Tristan. Lexhil n'a pas apprécié la résistance que lui ont opposée les gouvernements. Il a déclenché une énorme explosion solaire, l'axe de la Terre s'est déplacé et il n'y a plus rien qui fonctionne, mais le pire c'est qu'il a réussi à faire passer les bonnets rouges en masse, si j'ai bien compris. Il a conclu qu'on devait obliger Lexhil à fusionner, qu'il n'y avait plus d'autre solution.

— C'est pire que ce que je craignais, reprend Cerdish. Mais bon sang, pour fusionner il faudrait déjà qu'on le trouve !

— J'ose même pas imaginer les bonnets rouges lâchés sur Terre contre des gens dont la détresse doit déjà être immense.

— Fusionner ! Voilà où ils voulaient en venir. Fusionner, bon sang, pas étonnant qu'ils ne voulaient rien dire ! Il faut être complètement inconscient pour valider un programme pareil, et on ne peut même plus reculer. Plus on perd de temps, plus la situation s'aggrave sur Terre.

— C'est trop tard pour se lamenter, quelque chose me dit que c'est au cœur de cette roche que nous le trouverons, conclut Cedrik qui a déjà repris la descente en tête.

Sans rien ajouter, nous lui emboîtons le pas aussi vite que le sol le permet. Le goulot se resserre et je me sens de plus en plus oppressé.

Ce n'est pas la claustrophobie, mais quelque chose de bien plus effrayant qui occulte mon raisonnement : la rencontre avec Lexhil est imminente, je le sens. Le froid vient autant de l'intérieur de mon corps que de cette grotte humide et peu accueillante. Il faut absolument que je me maîtrise, je manque d'air, je manque d'air. Le visage de Tulay tente de se superposer aux lucioles. Elle a l'air très agitée, on dirait qu'elle crie, elle fait non de la tête.

— Stop, arrêtez-vous ! Tulay essaie de me contacter, mais ça ne passe pas. Je ne vois que sa tête, j'ai l'impression qu'elle dit qu'il ne faut pas aller par là.

— Attends, calme-toi !

Cedrych, qui était juste devant moi, s'est retourné et me tient par les épaules, cherchant à me ramener par le regard profond qu'il plonge dans le mien. Doucement, je m'apaise, mon rythme cardiaque se stabilise et je sens la pression de ses mains qui se relâche.

— Respire calmement, il y a suffisamment d'air, il ne faut pas s'agiter. Prends ton temps et explique-nous ce que tu as vu.

— Je ne voyais que la tête de Tulay, elle me criait quelque chose et faisait non de la tête. Je la voyais mal, comme si elle était absorbée par les lueurs.

Derrière moi, je reconnais Cerdish :

— Je pense qu'il serait plus prudent de faire demi-tour. Dehors, la tempête finira bien par s'éloigner et nous pourrons continuer à l'air libre. On ne sait même pas où ce goulet nous emmène et, sans communication directe entre nous, nous sommes très vulnérables. Tulay essaie sûrement de nous dire que nous faisons fausse route.

Sans discuter davantage, nous nous retournons pour rebrousser chemin. Je suis soulagé. Déconnecté des autres, je me sens faible. Je me rends compte de la différence. Quand nous sommes reliés, je me sens plus fort, j'oublie en quelque sorte que nous allons nous jeter dans la gueule du loup. Seul dans ma tête, je ne parviens pas à comprendre comment nous pouvons être assez fous pour vouloir affronter Lexhil à mains nues. Pourtant, c'est clair, on n'a pas le choix. Tristan était froid, dur comme je ne l'ai jamais vu. Les angelots sur Terre ! J'ose à peine y penser.

Un haut-le-cœur sans suite secoue ma poitrine.

Bon sang, depuis combien de temps lui court-on après ? J'ai l'impression de n'avoir rien bu ni mangé depuis des semaines ! Et puis comment peuvent-ils savoir où nous sommes ? Ils ont vraiment des compétences très supérieures aux nôtres. Ça y est, je me remets à délirer. Vivement que je ne sois plus seul dans ma tête.

Les lueurs sont réapparues devant nous, elles éclairent le goulet en sens inverse. Je ne les sens pas hostiles, mais, depuis la rencontre avec les bonnets rouges, je me méfie de tout. Ici, nous sommes du côté de Lexhil, s'il a réussi à envahir la Terre, que nous réserve-t-il ?

— Je ne sais pas ce que vous en pensez, mais je m'attendais à pire, de ce côté. Je croyais qu'on allait trouver des choses visqueuses ou dégoûtantes... un peu comme ce qui sortait de la table noire, et c'est plutôt assez ressemblant à ce qu'on connaît, je trouve. Pas vous ? dis-je comme pour me rassurer.

— J'avoue que je suis un peu surpris aussi, répond Cerdish. Pourtant, à bien y réfléchir, si cette table fonctionne comme l'autre... Eh bien, elle est un miroir.

— Un miroir ? Un miroir de quoi ? Le ver géant et la tempête de sable, je ne comprends pas.

— Laisse-moi réfléchir... Dans tes cauchemars, tu te retrouves presque toujours dans le désert et, en dehors du réveil, tu n'as jamais trouvé de solution pour en sortir. De l'autre côté de la table noire, on a trouvé un désert, mais avec des ennemis concrets...

— Les visions nocturnes de Cédric semblent vouloir nous dire qu'il faut sortir du rêve, de l'illusion pour s'en tirer, Firstub et Tristan prétendent qu'il faut fusionner avec Lexhil, ajoute Cedrych. Mais je ne vois... STOP !

Nous nous sommes percutés.

Prêt à ronchonner, je reste stupéfait, bouche bée : elle est là, en chair et en os, face à nous. Elle attend, plus splendide que jamais auréolée par la lumière extérieure qui s'engouffre dans la faille à quelques mètres derrière elle.

— Tulay ! Mais, mais qu'est-ce que tu fais ici ?

— Firstub m'a envoyée pour vous aider.

— Nous aider ! On s'en sort si mal que ça ?

— Il ne faut pas vous enfoncer dans la montagne, c'est un piège. Vous devez reprendre le sentier extérieur et rester en pleine lumière le plus souvent possible. Lexhil est le maître des ombres, il cherche à vous piéger pour vous enfermer définitivement dans les entrailles de la montagne.

— Ben, dis donc, on l'a échappé belle ! dis-je pour moi-même.

— Pas si sûr, rétorque Cedrych, le visage fermé et les sourcils froncés.

Je le regarde, surpris de cette remarque à la fois suspicieuse et provocante. Il s'est instantanément campé sur ses jambes, torse bombé, le visage fermé, et il manifeste une hostilité grandissante. Tulay recule d'un pas et, portant l'extrémité de ses doigts sur son menton, répond, les yeux écarquillés :

— Firstub a raison, je ne voulais pas le croire, votre jugement est altéré par les gaz… Il faut vraiment que je vous sorte d'ici, il n'est peut-être pas trop tard…

Tout en parlant, elle fait volte-face et prend la direction de la sortie d'un pas ferme, nous invitant de fait à la suivre. Incrédule, ne sachant que penser, je regarde à tour de rôle mes trois compagnons. Cerdish et Cedrik sont aussi sur la réserve. Instinctivement, je me connecte en mode cerveau unique :

— Qu'est-ce qu'il se passe ?

— Ce n'est pas Tulay… Chaque fois qu'elle est là, il y a comme une connexion intime qui s'établit, comme si on était reliés par des filaments invisibles. Là, rien ! Voire pire ! Presque une répulsion ! Elle m'a donné la chair de poule dès que je l'ai vue. Ce n'est pas Tulay ! répond Cedrych, formel.

— Un clone, peut-être, ou encore un de leurs hologrammes…

— Non, coupe Cedrych, c'est autre chose. J'ai ressenti un truc complètement malsain, vous pouvez me faire confiance, ce n'est pas Tulay, conclut-il, péremptoire.

Constatant que nous n'avons pas bougé, elle revient sur ses pas et s'approche ostensiblement de moi d'un air câlin.

— Cédric, tu as l'air d'être le plus lucide, il faut absolument que vous sortiez d'ici.

— Ne le touche pas, hurle Cedrych. C'est une goule !

Il a à peine terminé sa phrase que je me sens tiré violemment vers l'arrière, et Cedrik fait écran devant moi, en même temps que nos cerveaux échangent :

— Une goule ! C'est quoi ?

— Pas le temps d'expliquer, c'est maléfique et c'est toi qu'elle veut.

Cedrik ramasse prestement un fragment de roche qu'il lui envoie avec force dans la poitrine. La goule folle de rage se déchaîne. En une fraction de seconde, elle prend la forme d'une hydre à quatre têtes et crache vers chacun de nous un liquide noir que j'évite de justesse, sauvé une fois de plus par Cedrik.

Les projections atteignent la paroi, qui se dissout instantanément sur quelques millimètres.

— C'est pire que du vitriol !

— Concentrez-vous sur les sphères.

— C'est quoi cette nouvelle embrouille ?

— Merde, elle a disparu !

Les pensées s'entrechoquent dans ma tête. Tendu à l'extrême, je me concentre sans chercher à comprendre pourquoi Cedrych a envoyé cet ordre avec une telle force. Les sphères, les sphères, les sphères…

Les autres se sont rapprochés de moi et, dos à dos, nous scrutons tout autour de nous.

— Attention derrière !

À moins d'un mètre de moi, une palpeuse suppurante, les ventouses dégoulinantes d'un liquide verdâtre et visqueux, se matérialise. Tout en moi se rétracte. Je me sens tétanisé, incapable de bouger, mentalement emprisonné, quand une pensée me secoue avec force :

— Elle a encore changé de forme. Attention, baissez-vous.

Instantanément, nous nous accroupissons. La dégoulinade verdâtre s'étale sur le sol, se tortille, s'étire, repère sa cible et fonce, rampante, vers Cedrych.

Les yeux écarquillés, Cedrik hurle dans nos têtes.

— Écartez-vous le plus possible les uns des autres, sans toucher la paroi !

Simultanément, sans la moindre hésitation, comme si nous étions nous aussi équipés d'yeux tout autour de la tête, nous esquivons l'attaque.

— Il y a trois autres trucs rampants derrière elle ! Il en sort de toutes ses ventouses. Reculez vers la sortie.

Furieuse, la palpeuse s'avance encore, le corps secoué par les spasmes qui accompagnent chaque salve verdâtre. La dernière émission tombe sur une des bestioles à l'attaque et la dissout instantanément.

— Vous avez vu ça ! Elles sont incompatibles entre elles.

— À nous de jouer au plus fin pour les diriger les unes sur les autres. Puisqu'elles s'orientent automatiquement vers le plus proche d'entre nous, si nous croisons nos trajectoires, elles vont forcément se toucher.

La palpeuse continue ses jets corrosifs. Joignant le geste à la parole, Cedrik passe devant moi pendant que je recule de deux pas. Les larves rampantes suivent nos mouvements, se percutent et s'anéantissent en émettant un sifflement strident. Une odeur de boule puante envahit l'atmosphère et irrite mes narines. Tout en me retenant d'éternuer, je recule à nouveau et reproduis la même manœuvre avec Cerdish. Nos cerveaux communiquent si vite que je ne distingue plus qui pense. De chassé-croisé en chassé-croisé, nous maîtrisons la situation.

— Elle n'a plus de liquide, méfiance.

— Oh, merde ! Elle envoie des gaz.

— C'est pire, je ne vois pas de moyen d'y échapper, il faut absolument sortir !

— Je suffoque.

— Les sphères, concentrez-vous sur les sphères !

L'image des sphères envahit mon mental et, presque instantanément, tout mon champ visuel. Elles se densifient. Collées les unes aux autres, elles forment une peau lumineuse et protectrice tout autour de nous.

— Maintenez la concentration, c'est nous qui les créons ! Si un seul de nous se relâche, on est foutu !

À travers cet écran de lumière, je vois, médusé, une multitude de sphères naître par dédoublement à une vitesse impressionnante. Elles se resserrent et encerclent la palpeuse qui, vidée par la bataille, ne ressemble plus qu'à un piètre ballon de baudruche usagé. Dans un bruit lugubre qui me rappelle la salle de l'entonnoir, elles phagocytent la goule-palpeuse qui n'a pas eu le temps de se transformer à nouveau.

Doucement, les autres sphères se rassemblent pour former un puissant halo de lumière qui absorbe les gaz et illumine toute la faille.

Les bras ballants, encore sous le choc, je sens le bras de Cerdish sur mes épaules.

— Bravo, Cédric, si un seul d'entre nous avait cédé à la panique, on était foutus.

Épuisé, je m'assieds. Les autres m'imitent et doucement nous reprenons nos esprits.

— Mais c'était quoi, ce monstre ? dis-je en peinant à articuler mes mots.

— Quand j'étais enfant, ma mère me racontait des tas d'histoires de goules, explique Cedrych. La goule, c'est un personnage imaginaire qui n'a pas de forme propre, elle prend toutes les apparences possibles avec un réalisme total... à un détail près. Quand elle prend forme humaine, ses pieds gardent un aspect crochu. C'est ce qui m'a alerté, quand j'ai vu la forme de ses chaussures : elles étaient disproportionnées par rapport aux petits pieds de Tulay.

— Ben, heureusement que tu étais là, je ne connaissais même pas l'existence des goules. Et vous ? dis-je, en me tournant vers Cerdish et Cedrik.

— Jamais entendu parler non plus, j'ai totalement fait confiance à Cedrych. Il faut dire que je ne comprenais pas pourquoi Firstub aurait pris la décision d'envoyer Tulay ici. C'était nous couper de chez nous et nous rendre complètement vulnérables, répond Cerdish.

— Moi aussi ça m'a dérangé, mais comme je venais d'avoir un message complètement flou où Tulay avait l'air paniquée en faisant non de la tête, j'ai cru qu'ils avaient réagi à une situation d'urgence.

— Je crois plutôt que Tulay a dû être informée et qu'elle essayait de nous prévenir que ce ne pouvait pas être elle.

— La goule tentait de nous attirer à l'extérieur, alors que les sphères nous guidaient vers l'intérieur. Je pense que nous pouvons les suivre sans crainte, Lexhil n'a pas l'air de souhaiter que, nous empruntions cette voie-là.

— En attendant, Qalkulovitch disait vrai quand il racontait qu'à chaque fois que Lexhil passait de ce côté de sa table, il revenait avec des créations de plus en plus machiavéliques. Je pense que nous avons rencontré ce qui a généré les vers, les hyènes et maintenant les palpeuses.

— Il reste les ères, ajoute Cedrik, pensif.

— Non, rappelez-vous, Firstub nous a expliqué que les ères étaient des créatures venant de leur monde et que chez eux, elles étaient douces, mais que Lexhil les avait transformées.

— Alors, il se pourrait fort qu'on touche au but. Il sait maintenant de quoi nous sommes capables. Cedrik, pourquoi penses-tu que c'est nous qui créons les sphères ?

— C'est simple, c'est nous qui les avons convoquées en cherchant l'espace dont tu nous avais parlé, et j'ai réalisé qu'en retournant vers l'extérieur, on leur a tourné le dos. On s'est déconnectés de cet espace. Je me suis dit que, si elles étaient lumineuses, c'était parce que nous avions besoin de lumière pour avancer. Vous me suivez ?

— Vaguement, je ne vois pas où tu veux en venir.

— Simplement, nous avions besoin de lumière et c'est ce que nous avons obtenu. Alors même si je ne sais pas comment c'est possible, j'ai risqué le tout pour le tout en me concentrant sur le fait que nous avions besoin d'une barrière de protection.

— D'accord, mais moi, j'ai seulement imaginé leur image telle que je l'avais vue avant, pas comme une peau.

— Exact, mais ce n'était pas une vision contradictoire, donc ça a marché. Si ta vision avait été contradictoire, je ne sais pas si cela aurait fonctionné.

— Pour être très honnête, ta visualisation s'est imposée à la mienne. Je me suis juste contenté de l'appuyer. Ce qui signifie qu'il faut être capable de s'aligner sur ce qui est le plus fort ou le plus dense.

— Pareil pour moi, je me suis contenté de suivre.

— Et moi, je n'ai pas eu le temps de réfléchir. L'ordre s'est imposé.

— Conclusion, nous avons une arme supplémentaire : avec une concentration puissance quatre, nous pouvons générer certaines de nos images mentales.

— Pourquoi certaines seulement ?

— C'est juste une intuition, je ne suis pas du tout certain que ça marche pour tout. Je ne vois pas non plus comment ça fonctionne. Firstub n'a rien évoqué de tel.

— C'est vrai, mais il ne nous avait pas dit non plus que certains d'entre nous développeraient d'autres pouvoirs.

— ???

— Cedrych, au fond de la grotte, quand tu m'as demandé de me calmer, est-ce que tu t'es rendu compte que tu savais faire le coup des yeux de Firstub ?

— Oui, je n'ai pas saisi tout de suite ce qu'il s'était passé, mais je crois pouvoir conclure ceci : nous ne sommes pas chez nous, vous me suivez ? Donc, nous ne sommes pas dans nos vrais corps. Même si nous nous sommes parfaitement adaptés à cette situation, je crois pouvoir affirmer que la seule partie physique qui est vraiment en lien direct avec nous, ce que nous sommes normalement, ce sont nos yeux.

— Si tu veux, mais ça n'explique pas pourquoi tu pourrais faire comme Firstub avec tes yeux.

— D'abord, ce n'est pas certain que je puisse faire tout ce que fait Firstub, la seule chose que j'ai réussie, c'est de calmer Cédric. Par contre, les yeux restent un élément que nous ne devons pas négliger. Lexhil utilise ceux de Cédric pour agir chez nous... Les transmissions qu'il a avec Tulay se passent à travers ce que voit Tulay et, apparemment, je peux utiliser les miens pour calmer instantanément quelqu'un. Ce sont comme des... Je n'arrive pas à l'expliquer, mais nos corps, c'est rien, c'est pas nous. Nous, c'est nos yeux... Est-ce que vous voyez ce que je veux dire ?

— Je crois que je comprends : ici, tout est illusion et ce qui rend tout cela réel, c'est le regard que nous portons dessus. En réalité, les seules choses qui sont réelles, ce sont celles qui sont de l'autre côté de nos regards.

— Et c'est ?

— C'est là que ça bugue. Je ne vois pas du tout ce qui est réel en dehors de ce que je vois, et puis j'ai toujours considéré que ce que je peux voir et toucher est ma réalité.

— Sauf que j'ai le sentiment que nous avons d'énormes œillères qui limitent franchement notre perception.

— C'est sûrement important, il y a quelque chose d'essentiel à comprendre, mais là, tout de suite, il faut prendre une décision. La goule voulait qu'on sorte, je propose qu'on suive les sphères vers l'intérieur, conclut Cedrik.

— Tu as raison, allons-y, nous n'avons plus le choix.

Nous nous relevons, les sphères se placent de part et d'autre de la paroi, comme une haie d'honneur, et nous reprenons la descente vers le fond, sachant pertinemment que nous serons coupés mentalement les uns des autres.

18 – *Le goulot*

Très vite, nous nous retrouvons à nouveau isolés les uns des autres. C'est drôle que nous ne nous en soyons aperçus que lorsque nous en avons eu besoin tout à l'heure alors que là, je l'ai ressenti tout de suite. Pépé disait que nous ne percevions pas le dixième de notre environnement, en voici une belle preuve. « On ne voit que ce que l'on veut voir, on ne croit que ce que l'on veut croire ou peut croire. Cédric, il faut que tu apprennes à observer, à être curieux de tout. » S'il était encore là, je pourrais ajouter : on ne perçoit que ce à quoi on s'attend. Pépé, tu me manques, je me sens si seul ici. Nous avons cinq sens et nous savons si peu nous en servir ! Depuis quelques mois, j'ai l'impression d'avoir vieilli de plusieurs années, d'être devenu sage !

C'est vrai que mon mental est beaucoup moins envahissant, plus structuré aussi. Enfin, sauf tout à l'heure. Je me demande si c'est l'influence des autres. Possible. Après tout, quand nous pensons à quatre en un, nous impactons forcément le mental des autres. Au-delà des apparences, nous sommes vraiment loin d'être si identiques que cela. Il y a quelque chose qui me tracasse en ce qui concerne les transferts avec Tulay. Il y a quelque chose d'incohérent. Ça m'échappe, c'est… Bon sang, mais…

— Vous ne trouvez pas étrange que Tulay me contacte toujours au bon moment ?

Après un bref silence :

— Qu'est-ce que tu appelles le bon moment ? demande Cedrych.

Sa voix résonne étrangement dans le goulet.

— Disons que les messages de Tulay arrivent toujours à point nommé et fonctionnent à sens unique.

— On ne peut pas vraiment dire qu'ils arrivent à point nommé, comme tu dis. À part les deux derniers, tu les as reçus quand tu dormais. Il est sans doute nécessaire que tu sois déconnecté de ton environnement. Moi, ça ne me choque pas. Par contre, si on considère que Tulay nous mettait en garde contre la goule, tu as raison, nous ne transmettons rien et visiblement Firstub sait exactement ce que nous faisons.

— D'accord avec toi, Cerdish, ça veut dire qu'ils nous suivent quasiment en temps réel, sinon comment expliquer qu'ils aient communiqué alors que Cédric n'était pas prêt pour recevoir. C'est à la fois rassurant et très désagréable, comme sensation, ajoute Cedrik.

— En fait, le dernier message de Tulay était très flou, peut-être justement parce que je ne dormais pas et que je suis resté conscient. Est-ce que vous pensez qu'ils pourraient avoir implanté une sorte de caméra dans ma cervelle ?

— Ça m'a déjà effleuré l'esprit, mais l'idée est tellement grossière que je l'avais réfutée d'office. Maintenant que tu en parles, je me demande quand même s'il n'y a pas un système plus subtil qu'une caméra qui leur permette de savoir ce que nous faisons. La caméra, c'est trop terrien, si vous voyez ce que je veux dire ; ils nous ont prouvé maintes fois qu'ils disposaient de moyens beaucoup plus… abstraits, enfin… impalpables, comme de voir les images qui sont enregistrées dans nos mémoires, continue Cerdish.

— C'est pour cela que je pensais à une caméra. Quand ils nous ont renvoyés chez Lexhil, ils ont bien dit que nous serions équipés d'un système qui permettrait d'enregistrer ce qui se trouve autour de nous dans un rayon de 360 degrés. Peut-être que ce système est encore actif et si, c'est le cas, les transmissions avec Tulay servent aussi pour récupérer ces données, ce serait logique.

— Ce qui voudrait dire que tu es le seul à être équipé de ce système et que Lexhil l'a dépisté puisqu'il n'a utilisé que tes yeux, complète Cedrych.

— Pas sûr, mais on retombe sur la même conclusion : la clé, ce sont les yeux. On doit absolument trouver le moyen de s'en servir de manière optimale avant d'être face à Lexhil. Faites attention, le goulot se resserre de plus en plus et le sol devient glissant ! prévient Cedrik.

— C'est humide ici, je n'aime pas ça du tout ! Franchement, j'ai du mal à marcher avec ces chaussures, la semelle est trop lisse ou le sol trop glissant, et puis j'ai déjà du mal à respirer depuis le début !

— Détends-toi, Cédric, c'est ton petit stress claustro qui te joue des tours. L'air ne s'est pas raréfié, ce qui suppose une issue ou tout du moins une ouverture quelque part. On respire mieux ici qu'au cœur de la tempête de sable, même si l'odeur est plutôt désagréable, répond Cedrik, un brin moqueur.

— Ça, c'est sûr, si tu compares à la tempête. N'empêche que je me sens tout chose et que je n'aime pas ça du tout, même si les sphères sont très rassurantes. D'ailleurs, à propos de sphères, leur luminosité baisse de plus en plus ou c'est aussi un problème de perception ?

— Hum, hum, tu as raison, c'est progressif, mais effectivement elles ne sont plus aussi brillantes qu'au début. J'ai l'impression qu'elles sont moins nombreuses aussi, constate Cedrych.

— Je suis d'accord, elles sont moins lumineuses et moins nombreuses, il n'y a pas de doute possible. Pourtant, on voit aussi bien que tout à l'heure. Il doit y avoir une source de lumière quelque part, ajoute à son tour Cerdish.

— De toute façon, on n'a pas le choix, tant que nous sommes dans ce goulot, il n'y a aucune alternative, conclut Cedrik, pragmatique.

— Ben, vivement la sortie, je trouve que ça sent de plus en plus mauvais par ici !

— C'est vrai, ça prend un peu à la gorge. Je ne sais pas pour vous, mais moi, j'ai rudement soif depuis qu'on est de ce côté.

— Ça me tiraille moins depuis qu'on est à l'abri du soleil, mais ce serait bien qu'on trouve une source de montagne.

— Pas impossible, il faut bien que cette humidité vienne de quelque part ; une source interne ou des infiltrations, on verra. On va bientôt le savoir, j'espère, car les sphères se raréfient de plus en plus vite.

Mon cœur bat la chamade : claustrophobie ou stress, je n'ai vraiment pas la carrure d'un aventurier. Il faut que je reste calme et concentré pour ne pas glisser en attendant l'hypothétique sortie.

J'aimerais bien que ce soit moi qui trouve la solution pour les yeux, je me sentirais un peu moins en retrait. J'ai de plus en plus l'impression d'être le maillon faible du groupe. Lexhil et Firstub m'utilisent clairement comme un appareil de transmission et c'est très désagréable. Au début, je trouvais sympa d'être le seul à pouvoir contacter et voir Tulay, mais maintenant je me rends bien compte que je suis plus utilisé qu'autre chose. Pfff, je suis ridicule, la situation est suffisamment dramatique sur Terre et ici pour faire taire mon ego. C'est dans les transmissions que se trouve le secret des yeux, j'en suis certain. Il faut que j'essaie d'en revivre une, un peu comme au cinéma, en restant à distance pour analyser ce qui se passe. Je me demande si je peux en réactiver une comme on repasse un film dans sa tête, mais en étant extrêmement précis... Impossible, je ne peux pas me déconnecter complètement, c'est un coup à glisser et à me casser une jambe. Non seulement je déteste être là, mais en plus il faut que je sois pleinement conscient d'y être. Quelle galère !

— Bingo, la lumière vient de la droite, on touche au but ! lance Cedrik.

Je relève le nez ; un rai de lumière teinte la paroi de gauche. Enfin, le bout du boyau, j'ose à peine y croire !

— Elle est quand même salement humide, cette grotte, et franchement, c'est de pire en pire, qu'est-ce que ça pue ! Regardez, les traces sur la paroi indiquent clairement que de l'eau est montée jusqu'à ce niveau, constate Cedrych.

— Raison de plus pour en sortir au plus vite, à droite toute ! répond Cerdish, visiblement aussi impatient que moi de retrouver les grands espaces.

— Ben y'a bien une sortie, mais il faudra d'abord traverser ça !

annonce Cedrik qui s'est arrêté net devant une espèce de mare d'eau stagnante qui occupe toute la salle dans laquelle nous venons d'entrer.

Instinctivement, nous nous bouchons le nez. L'odeur est nauséabonde. Incrédule, je me tourne vers Cerdish – le plus érudit de nous quatre –, comme s'il détenait la réponse à cette énigme et, d'une voix de canard enrhumé, je demande :

— Comment t'expliques qu'on trouve une espèce de marais puant au fond d'une grotte ?

Plus sérieux que jamais, il scrute l'eau aux reflets noirâtres.

— Pas question de traverser, je ne sais pas ce qui a pollué cette source, mais il est clair que cette eau est putride.

— Une source ? À quoi tu vois que c'est une source ? Si ça se trouve, c'est un passage, c'est la même odeur que celle qui sortait de la table noire !

— Exact. Il y a un bouillonnement au centre, vous le voyez ? C'est par là que les eaux montent et je pense que soit on retourne sur nos pas très vite, soit on trouve une solution très intelligente pour passer. Le bouillon a sensiblement augmenté depuis que nous sommes là et je crains que nous n'ayons pas le temps de rebrousser chemin. BON SANG ! Quelle horreur !

Une sensation atroce, l'impression d'être saisi à la gorge. Spontanément, d'un seul corps, nous reculons de plusieurs pas. L'eau bouillonnante remonte à la surface des visages émaciés, gris, les yeux excavés injectés de sang ou révulsés, morbides. Une peur glaciale bien plus terrifiante que tout ce que j'ai connu tétanise mes membres ; quelque chose qui vous congèle le cœur à tout jamais.

— L'équipage de la tubulaire 3, je pense, constate sans timbre Cedrych.

Les corps semblent disloqués et, devant nos yeux horrifiés, remontent bras, jambes et bustes en voie de décomposition. Je ne respire presque plus, cherchant inconsciemment à empêcher l'air de pénétrer dans mes poumons. Ma vue se trouble, le bouillonnement s'intensifie, j'entends leurs cris alors qu'ils ne sont plus, le rire de

Lexhil, tout s'emmêle. Brusquement tiré vers l'arrière par Cedrik, je réalise que le niveau monte, vite, beaucoup trop vite. Je panique.

— Nous ne sortirons jamais vivants !

La douleur puissante me vrille le bassin, tout se soude, l'éclair est fulgurant, l'explosion. Je n'ai pas eu le temps de réaliser, de visualiser quoi que ce soit : Cedrik a pris les commandes et nous a tous entraînés de l'autre côté avec une force caudale proportionnelle à l'intensité de notre frayeur. Sans me laisser le temps de reprendre mes esprits, il m'entraîne vers la sortie que les autres ont déjà franchie.

En bas, à flanc de montagne, une oasis indique que l'eau devait être encore cristalline il y a très peu de temps. Cedrik emprunte le chemin aménagé qui descend vers ce havre de paix :

— Pas de temps à perdre, nous trouverons peut-être de quoi boire et manger et, avec un peu de chance, quelques survivants à ce massacre pour nous indiquer où trouver cette ordure de Lexhil.

19 – *Survivant*

Nous dévalons le chemin particulièrement bien entretenu, sans répondre. L'oasis est un petit joyau au milieu de ce désert. La verdure chaleureuse, le bruissement de l'eau dans les canaux d'irrigation me redonnent du baume au cœur. Le spectacle féerique tranche avec l'odeur qui nous suit, tenace. Boire, nous allons pouvoir boire, cette eau est si pure. Sans plus attendre, je m'agenouille et plonge mes mains dans l'eau fraîche. Cerdish me tire violemment vers l'arrière et, avant que j'aie eu le temps de réagir, il me rappelle les règles élémentaires de survie :

— Rien ne prouve qu'elle est potable, surtout après ce que nous venons de voir ! L'eau de la source alimente cette oasis ; elle est peut-être filtrée, mais pas consommable pour autant.

C'est suffisant, très suffisant. Je regarde, hébété, l'eau qui s'écoule sous mes yeux comme un délicieux fruit empoisonné.

— Cherchons d'abord s'il reste des survivants !

La soif me semble plus insupportable ici, mais je les suis sans broncher, honteux de mon inconscience.

Quelques constructions couleur sable surplombent le dédale des seguias et des canaux qui y sont reliés ; c'est là que Cedrik nous entraîne d'un pas vif et déterminé, à la limite de la course. Tout semble plus désert que le désert lui-même. Nous nous arrêtons, à l'affût du moindre bruit, au centre des bâtisses collées les unes aux autres, écrasées de chaleur malgré la verdure. Impatient, Cedrik entreprend la fouille de l'habitation la plus proche. D'un bref regard, nous décidons de suivre son exemple, dans le silence pesant de ce village abandonné.

Après avoir exploré tous les recoins de deux de ces maisons assez pauvrement équipées, j'entends un cri de victoire à l'extérieur.

— Par ici, il y a un vieil homme !

En quelques minutes, nous sommes tous réunis autour du premier être vivant non cloné. Ça me semble étrange, presque anormal de me trouver face à un homme qui ne me ressemble pas trait pour trait. Du coup, nous restons quelques secondes à le dévisager, partagés entre la joie et l'incrédulité. C'est lui qui rompt le silence d'une voix grave et posée :

— Comment êtes-vous arrivés ici ? Les clones ne peuvent pas franchir la table noire.

— Nous ne sommes pas des clones, nous sommes…, commence Cedrik.

— Des amis envoyés par Barzok pour neutraliser Lexhil, l'interrompt Cerdish.

— Fichtre, neutraliser Lexhil ! Avec quoi ? Vous me semblez bien jeunes et bien trop fougueux, il ne fera qu'une bouchée de vous, ajoute-t-il, les lèvres pincées et les yeux plissés.

— Nous n'avons pas de temps à perdre, nous ne sommes pas là pour vous convaincre. Il nous faut boire et manger. Où pouvons-nous trouver de l'eau potable ? reprend Cedrik, autoritaire.

Le vieillard plonge son regard dans le sien. Cedrik le soutient, conscient qu'il fouille son mental à la recherche d'informations.

— Vous n'êtes pas des clones, en effet, votre cerveau se ferme à mon investigation, mais je ne sens rien de mauvais en vous. Vous ne pouvez pas boire l'eau des seguias, l'oued qui les alimente est pollué depuis plusieurs jours. Depuis que mes compagnons sont partis à la source, il s'en dégage une odeur nauséabonde malgré le filtrage très perfectionné que nous avons mis en place au bas de la chute… J'ai de bonnes raisons d'être méfiant, mais vous n'y êtes visiblement pour rien. C'est sans doute encore une tracasserie de Lexhil ; il ne cesse de nous rappeler que nous sommes sous sa domination. Il y a des réserves d'eau et de nourriture dans la pièce du fond. Vous êtes mes hôtes.

C'est bien un membre de l'équipage de la tubulaire 3, il a la même façon de s'exprimer que Firstub.

Cedrik ne discute pas davantage et va chercher de quoi nous rassasier pour plusieurs heures. Pendant ce temps, Cerdish informe le vieil homme :

— Je crains que vous ne revoyiez jamais vos collègues. Nous venons de la source, elle est… comment dire… nous y avons trouvé les corps de vos amis, termine-t-il très vite.

L'homme accuse le coup. Il me semble que ses traits se creusent davantage. Usé, visiblement las, il ajoute :

— Vous êtes dans la même galère que moi, à présent. J'ai besoin de savoir tout de vous. Si je peux encore être utile à quelque chose, c'est maintenant. Si Lexhil les a tués, il n'y a aucune raison qu'il me laisse la vie sauve : seul, je suis inutile. M'autorisez-vous à forcer votre barrière mentale ?

Instinctivement, je fais un pas en avant.

— Laissez-moi juste le temps de boire un verre d'eau et nous communiquerons. Le transmetteur, c'est moi.

Cedrik a levé la main, prêt à s'opposer, mais Cedrych interrompt son geste, me tendant un grand verre plein.

— C'est un prisonnier de Lexhil et un membre de ce peuple, nous avons besoin de ce qu'il sait. Cédric, tu peux lui faire confiance.

La pensée émise par Cerdish n'admet aucune réponse. Le sentiment d'urgence est plus pressant que jamais.

Dès le début, je reconnais cet immense bien-être éprouvé lors de la première introspection de Firstub. Je sais que je peux tout laisser passer, cet homme-là est aussi pur que l'eau que je viens de boire. Après une bonne demi-heure pendant laquelle les autres se sont rassasiés, je sens qu'il lâche prise et que je reprends pleinement possession de mon mental. Le visage de l'homme s'est radouci ; d'une voix plus chaleureuse, il m'invite à sa table :

— Il va vous falloir beaucoup d'énergie, c'est le moment de vous reconstituer. (Puis, se tournant vers Cerdish, comme s'il savait à qui il avait affaire) On ne cache rien à Lexhil, il sait tout ce qui se passe de ce côté. S'il m'a laissé en vie et a permis cette rencontre, c'est qu'il veut que je vous guide à lui. Je pense que vous êtes une véritable énigme pour lui, à moins qu'il ne sache exactement ce que vous êtes et cherche par quel biais vous neutraliser. (S'adressant à nouveau à moi) Vous vous posez beaucoup de questions, jeune homme, quant à savoir comment vous le vaincrez. Il est préférable que vous ne le découvriez qu'au dernier moment, c'est le seul moyen de prendre Lexhil par surprise.

Cet homme a un charisme incroyablement puissant, je bois littéralement ses paroles, me sentant plus en sécurité encore qu'avec Firstub, alors qu'ici tout est danger et mort latente.

Il continue à l'attention de nous quatre, de cette même voix profonde :

— J'ai confiance en Barzok, s'il ne vous a pas donné les clés, c'est qu'il savait que Lexhil vous baladerait pour découvrir toutes vos armes, et vous êtes plutôt bien équipés pour des Terriens... Mieux que moi. Lexhil ne m'a laissé que le pouvoir de lire dans le mental des autres. Jusqu'à présent, je ne savais pas pourquoi.

— Il est bien plus machiavélique que je le pensais, dit Cedrych. Il est urgent de mettre un terme à son petit jeu, c'est pour cela que nous sommes ici. Où pouvons-nous le trouver ?

— Personne ne peut décider de rencontrer Lexhil. Vous êtes ici chez lui, tout n'est qu'illusion ; c'est lui qui viendra vers vous quand il jugera le moment opportun.

— Mais alors, on ne peut rien faire pour aider la Terre ! Pourquoi Firstub et Tristan nous disent-ils qu'il y a urgence ?

— Ils savent... Ce qu'ils veulent, c'est être certains que vous ne reculerez pas quand vous serez face à lui. Ce sera ici même, dans très peu de temps ; il n'a pas massacré tout l'équipage pour rien ! Ce n'est pas son genre, il avait besoin de tous ces savants. En attendant, je peux répondre à toutes vos questions, peut-être que cela vous aidera, le moment venu.

Gravement, Cerdish expose ce que tous ressentons depuis ce 13 juillet où tout a basculé :

— C'est exact, tout ce que vous dites sonne incroyablement juste en nous. Depuis le premier passage dans la salle G, nous avons ce sentiment d'être en permanence promenés comme des pantins, tout en sachant, quelque part au fond de nous-mêmes, que tout a un sens même si celui-ci nous échappe. Depuis que nous avons laissé nos enveloppes corporelles pour transiter dans l'espace de Lexhil, je me demande qui en est le propriétaire. Lexhil prend cette même apparence. Ces corps de clones que nous habitons, ainsi que tous ceux que nous avons rencontrés, sont rigoureusement identiques. C'est important pour nous de savoir ; quand nous serons face à Lexhil, c'est face à nous-mêmes, l'image que nous en avons toujours eue, que nous serons. C'est incroyablement difficile de combattre un ennemi qui vous renvoie physiquement à vous-même. Nous devons être libérés de ce frein ; je sens bien que, depuis le début, nous ne parvenons pas à envisager d'anéantir ce corps qui nous représente. Quel que soit ce que nous devrons faire, c'est un obstacle majeur.

— Vous touchez là au cœur de ce qu'est l'incarnation. Nous autres n'attachons aucune importance au corps et à l'apparence, car, dans notre monde, nous n'en avons pas. Ce n'est pour nous qu'une enveloppe très contraignante que nous devons utiliser chaque fois que nous venons vers vous. La plupart des Terriens s'identifient totalement à cette image qui pourtant n'a rien de fixe et s'altère avec le temps. Ce n'est qu'un mirage, mais sa puissance sur vous est énorme. Lexhil sait cela. C'est un puissant levier de déstabilisation. Nous savions tous, lorsque la Tubulaire s'est scindée en trois parties, qu'un vaste programme concernant la sécurité de la Terre était en cours d'élaboration. Le grand conseil avait confié à l'équipe de la tubulaire 3 la réalisation d'une large zone de protection autour de votre planète. Nous avions réussi jusqu'à ce que Lexhil prenne le commandement de notre groupe et détourne le programme. C'est dans une partie de cet espace que nous sommes et dans l'autre qu'il a installé son usine de clonage, ses cultures de riz et ses laboratoires. La Tubulaire 3 était un énorme vaisseau énergétique virtuel composé de trois parties que nous nommons simplement tubulaire 1, 2 et 3. Chaque partie a reçu la responsabilité de réaliser un des pans du programme de protection de la Terre. Lorsque la scission a été nécessaire, nous avons été coupés de toute liaison avec les deux autres, sans doute pour sécuriser le projet. Depuis que Lexhil a pris le commandement de notre unité, il a rompu tout contact avec le grand conseil. Nous avons découvert qu'il avait piraté des informations concernant le moyen de vous infiltrer, et en particulier l'existence d'une porte d'accès, la table de la salle G, mais quelque chose de puissant lui barrait le passage : sa polarité devenue négative. Il a détourné de ses fonctions l'espace que nous avions créé pour atteindre la première étape de son objectif : coloniser la Terre. Il avait besoin de L'ADN humain pour générer des corps physiques non habités. Seul le grand conseil sait faire cela, ce sont eux qui créent les corps qui accueillent vos âmes. Lexhil a réussi quelques passages au cours desquels il a absorbé des Terriens, mais il n'a pas réussi à cloner leur corps de façon stable et durable. Il a alors retrouvé l'ADN qui contenait toutes les informations de l'enveloppe physique qu'il habitait lorsqu'il a vécu sur Terre au cours de votre dernier siècle. C'est à partir de cette matière qu'il s'est forgé une nouvelle apparence et qu'il a généré ses clones. Quand le grand conseil a découvert cela, il lui suffisait de retrouver l'ADN original dans la grande banque de données qui contient toute notre histoire et de vous créer le corps dans lequel vous avez grandi. Voilà, je crois qu'il est essentiel que vous compreniez que ce n'est qu'une enveloppe ; ce que vous êtes n'a rien à voir avec cette apparence. C'est un peu comme vos maisons, quand vous les habitez, vous y mettez un peu de votre âme, mais quand vous déménagez, vous laissez les murs, vous emportez ce que vous êtes. Quand vous serez face à Lexhil, servez-vous de cette image : ce ne sont que des murs voués à disparaître. Vous avez déjà déménagé !

— Waouh, c'est puissant, c'est très puissant, dis-je, prenant soudain conscience de la futilité dans laquelle j'ai baigné jusqu'à présent.

Cerdish enchaîne :

— Tout à l'heure, vous avez dit que nous disposions de plusieurs armes. Je crois qu'il est temps que nous fassions un point là-dessus aussi. Nous avons besoin de savoir exactement ce qu'elles sont et comment elles fonctionnent. Jusqu'à présent, j'ai le sentiment que ce sont elles qui se sont manifestées au bon moment plutôt que nous qui en maîtrisons l'emploi. Je parle en particulier de la caudale.

— C'est juste, la caudale n'est pas disponible en permanence, ce n'est pas un moyen de transport facile, mais bien une arme, en ce qui vous concerne. Pour qu'elle soit activée, il faut que vous soyez dans une situation de stress très particulier. À ce moment-là, l'énergie qu'elle émet se connecte avec le lieu auquel vous pensez et vous y transporte. Face à Lexhil, elle vous sera totalement inutile. Il a la puissance nécessaire pour la neutraliser, dès lors qu'il tient votre regard. Il peut même modifier la destination en interférant vos pensées, c'est comme cela qu'il nous a emprisonnés ici. Vous ne devrez jamais, jamais, le regarder en face ! Malheureusement, vos autres sens sont peu développés, vous ne pourrez pas vous passer de vos yeux, soyez très vigilants. Vous avez dû vous rendre compte que la visualisation vous permettait de concrétiser certaines de vos images mentales, c'est aussi l'énergie caudale qui le permet ; à partir du moment où vous l'avez activée une fois, elle a réveillé cette fonction. De ce que j'ai perçu dans votre mental, il faut que vos visualisations soient concomitantes pour qu'elles soient efficaces et vous permettent de générer des organismes vivants, comme les sphères lumineuses. Cela n'est possible que lorsque vos cerveaux fusionnent en images-pensées et s'y maintiennent plusieurs secondes avec force. C'est assez simple à réaliser au repos, beaucoup plus délicat en situation de stress. Lexhil vous a testé avec la goule, il sait que vous en êtes capables, il va tout faire pour parasiter vos échanges mentaux ou pour se les approprier. Cedrych a découvert comment utiliser son regard, vous êtes donc tous capables de le faire, car ce que l'un d'entre vous expérimente, les autres l'acquièrent automatiquement ; c'est l'avantage d'être fondamentalement identiques. Mais l'arme la plus redoutable qu'il craint par-dessus tout, c'est ce que vous êtes : vous ne calculez pas ou peu, vous n'anticipez pas parce que vous n'en avez pas les moyens, vous réagissez donc au coup par coup avec ce qui vous vient, et c'est précisément ce qui vous rend imprévisibles. Dans notre peuple, rien ne peut être caché, nous ne sommes que des énergies en interaction permanente, l'imprévisible n'existe pas.

— Ça ne me rassure pas vraiment, il n'y a rien de neuf là-dedans, à part la capacité de lire dans la mémoire des autres par le regard, ce qui reste à prouver. Je ne pense pas que cela nous soit très utile, je me vois mal demander à Lexhil de nous permettre d'aller fouiller dans sa cervelle. Conclusion, nous ne savons toujours pas comment nous parviendrons à le rendre inopérant, dis-je, dépité. Avons-nous au moins une chance, si petite soit-elle, d'y parvenir ?

— S'il vous a laissés arriver jusqu'ici alors qu'il n'a plus besoin de vous, cela signifie clairement qu'il ne peut pas vous détruire, ça vous laisse un avantage considérable.

— Comment ça, il n'a plus besoin de nous ? demande Cedrych, redoutant déjà la réponse.

— À l'heure qu'il est, il domine la Terre. Il a un fait un pacte avec les vraies puissances qui gèrent votre planète depuis plusieurs décennies. Je ne parle pas de vos gouvernements, il a vite compris que ce n'étaient que des marionnettes. Je parle des puissances qui détiennent tous les grands monopoles. Une poignée d'hommes qui n'ont pas compris à qui ils avaient affaire. Il n'en fera qu'une bouchée.

— Je n'y crois pas ! réagit violemment Cedrik. D'ailleurs, pourquoi Lexhil vous a-t-il laissé nous donner toutes ces informations ? C'est de la manipulation. Partons d'ici.

Joignant le geste à la parole, il se lève et se dirige vers la porte. Sans rien ajouter, nous le suivons jusqu'au bord de l'oued. Là-haut, la galerie que nous avons empruntée doit être complètement noyée. Je lève la tête ; l'eau s'écoule en une fine cascade le long de la falaise jusque dans un bassin au bord duquel la végétation cache partiellement un bâtiment assez massif. Ce doit être leur station de filtrage. Ici aussi, la beauté cohabite avec la laideur.

20 – *Fusion*

« Et maintenant ?
— Quoi, et maintenant ? » me rétorque Cedrik en se retournant. Tu ne comprends pas que c'est un piège ? Depuis le début, Lexhil nous promène exactement où il veut. Du côté de Tulay, c'est le silence radio… Je… Je cherche le calme, il faut que nous parvenions à nous isoler pour nous souder à nouveau. Il y a quelque chose d'essentiel qui nous échappe.

Il a parlé très vite. Cerdish tente de le calmer :

— Je pense aussi depuis pas mal de temps qu'il sait exactement ce qu'il fait, mais contrairement à toi, je crois que nous choisissons une partie du programme.

Nous nous rapprochons tous les trois de lui et, naturellement, nous continuons en communication mentale.

— C'est nous qui déterminons le décor, continue Cerdish. Pensez-y. Quand nous avons traversé la table noire, nous nous attendions à trouver un désert avec des rochers ou une montagne, parce que c'était ce dont avait rêvé Cédric. C'était son dernier rêve et c'était celui où il se trouvait face à Lexhil. Nous voulions traverser la table noire pour trouver Lexhil. C'est nous qui avons généré ce désert et cette montagne.

— Le ver, qu'est-ce qu'il vient faire là-dedans ?

— C'était ça, ce que je cherchais à comprendre quand la goule est apparue. J'en étais à dire que les deux tables étaient identiques et qu'elles fonctionnaient toutes les deux de la même façon : en miroir. Firstub nous a bien expliqué que de l'autre côté de la table de la salle G, nous étions confrontés à nos peurs et que ce que nous craignions inconsciemment se manifestait. Je crois que nous avons été terriblement marqués par ce clone qui a été englouti par le ver, c'est ça que nous avons manifesté.

— C'est contradictoire avec ce que nous avions déduit. Nous en avions conclu que Lexhil s'était inspiré de ce ver pour créer les siens.

— Je ne trouve pas cela contradictoire. Le ver existait, nous l'avons en quelque sorte appelé à se manifester dans notre réalité.

— OK pour le ver, mais pour la tempête, je ne vois pas ce qui pourrait l'avoir provoquée.

— La tempête, c'est Lexhil qui l'a provoquée, elle fait le pendant à la tempête solaire. Je ne sais pas comment il peut provoquer des tempêtes solaires, mais cela semble fortement lié à ce qui se passe dans cet espace. Il le savait, sans quoi il ne nous aurait pas équipés d'une tenue de Touareg, j'en suis persuadé. Ça fait partie des choses qu'on ne peut pas comprendre, comme le fait de voir des acteurs en direct sur l'écran de ma télé alors qu'ils sont de l'autre côté de l'Atlantique. Je ne comprends pas comment ça fonctionne, mais c'est un fait.

— Une chose est certaine, je pensais à Tulay quand la goule est apparue.

— Moi aussi.

— Moi aussi.

— Vous voyez, j'y pensais également. Ça fonctionne. Ce qui m'a mis la puce à l'oreille, c'est que c'est devenu nettement plus glauque à partir de ce moment-là. Or juste avant, Cédric a mentionné le fait qu'il s'attendait à trouver un monde visqueux, noirâtre de ce côté. Dans la foulée, nous nous sommes retrouvés face à la goule, puis à la palpeuse, et enfin aux corps en décomposition ; difficile de faire plus sordide ! Conclusion, Lexhil utilise notre subconscient.

— Ouch ! Nous ne sommes pas dans nos corps et plus seuls dans nos têtes. Qu'est-ce qu'il nous reste ?

— Nos yeux ! dis-je, sûr de moi. Pas les globes oculaires, notre vision. Et c'est ça la faille de Lexhil !

— T'es un peu flou, là, Cédric. Même en pensées directes, on ne te comprend pas, répond Cedrych, surpris.

— Le troisième œil. J'ai jamais bien saisi ce à quoi ça correspondait vraiment, mais je suis certain que c'est de cela qu'il s'agit. Cedrych, quand tu m'as fait le coup des yeux, qu'est-ce que tu ciblais vraiment ?

— Je… Je dirais que… enfin, j'avais la perception d'un point plus dense, plus chaud ou plus vaste, une sensation très différente, juste là, au-dessus de la base du nez. Tout était canalisé là, très centré, très paisible aussi. Il y avait autre chose, mais je n'arrive pas à mettre des mots dessus. Je crois que…

— ATTENTION, Cedrik, ne bouge surtout pas. Il est là, juste derrière toi !

Plus noir encore que dans mon cauchemar, les pinces en embrassade, la queue dressée, paré pour l'attaque, il est plus menaçant que dans mes souvenirs. Stoppé net dans son élan, Cedrik, le pied en suspens à quelques centimètres, respire à peine.

— Reste immobile, les scorpions n'attaquent pas, ils se défendent, le rassure Cerdish.

— À un détail près, ce scorpion-là, c'est Lexhil, j'en suis certain, modère Cedrych.

— Qu'est-ce que tu proposes, il ne peut pas rester suspendu comme ça ?

L'échange, de plus en plus véloce, n'a même pas duré une nanoseconde. Doucement, Cedrik ramène son pied, nu dans sa sandale, vers l'arrière. Tendu, je m'attends à ce que le scorpion amorce le combat, mais aussi vif qu'un éclair, il disparaît sous une grosse pierre en bordure du chemin.

— Qu'est-ce que ça signifie ?

— C'est pas compliqué, Lexhil est là, mais clairement ce n'est pas sous la forme de ce petit scorpion qu'il va passer à l'action. Je n'ai pas la moindre idée de ce que nous pouvons faire…

Cedrych n'a pas le temps de terminer son analyse ; le ciel s'assombrit, le soleil de plomb à cette heure du jour se couvre d'un voile sombre. Le rire mauvais de Lexhil claque et roule comme le premier coup de tonnerre au début de l'orage. Dans ce lieu complètement inconnu, privé de repères, l'attente s'installe, exacerbée par le lourd silence qui suit. Immobile, les sens en alerte, en parfaite unité, je ressens chaque pulsation de nos quatre cœurs. Une lueur rouge transparaît dans le ciel chargé de gros nuages noirs. Dansante, elle devient plus dense, vire au rouge sang et se déploie au-dessus de nous. La chape de silence se fait plus pesante encore ; je ne parviens pas à détourner mon regard. Comme une coulée de lave, puissante, l'ombre grandissante de l'aigle au-dessus de ses proies s'étale. Péniblement, je déglutis. Malgré l'absence du soleil, la chaleur devient plus étouffante encore, la menace s'intensifie. Les yeux écarquillés, j'attends, suspendu à cette pieuvre qui s'étend inexorablement et domine tout l'espace. Il n'y a plus qu'elle. Elle et nous.

Sans transition, tout se déchaîne, figeant mon sang dans mes veines. Un grondement sourd roule au-dessus de nos têtes, suivi d'un claquement sec. Dans la lueur blafarde de l'éclair qui tranche le ciel en deux, un gros rocher se détache du sommet de la montagne qu'il dévale, arrachant tout dans sa chute. Fasciné, je ne l'ai pas entendu s'approcher. Mon cœur s'arrête de battre quand son souffle s'immisce sous mon chèche à la base de mon cou. Dans le capharnaüm qui nous entoure, mon cerveau ne capte plus rien. Où sont les autres ? Savent-ils qu'il est là, juste derrière moi ? Je sais que c'est lui, je le sens : cette sensation de mal-être, de viol de mon espace. Il plaque avec force ses deux mains sur mes épaules et me fait pivoter. Ses yeux brûlants comme des braises plongent dans les miens. Une secousse brutale dans le flanc droit me jette à terre. Dans la chute, je me recroqueville comme un enfant. En boule au sol, je ne bouge plus. Une pression amicale sur mon épaule, et Cedrik qui doucement m'aide à me redresser :

— Ça va aller, Cédric ? Il est parti, il s'est littéralement volatilisé. Tu n'es pas blessé ?

Le vent se lève et siffle à mes oreilles. Je tente bien maladroitement de les rassurer :

— Ça va, je ne crois pas qu'il ait eu le temps de faire quelque chose. Merci.

— Restons vigilants. Il est clair qu'il veut nous atteindre un par un, ce qui signifie que nous devons rester en symbiose, même si ce n'est qu'une hypothèse.

Je reprends doucement mes esprits, les trois autres font corps autour de moi, surveillant les alentours. C'est toujours moi qu'il vise. Le vent chargé de sable souffle de plus en plus fort. Nous avons tous enrubanné nos visages avec les chèches. Une porte grince, suivie d'un long hurlement. Cedrik court déjà en direction de la maison du vieil homme :

— Nous n'aurions pas dû le laisser seul !

Les mains en visière pour protéger nos yeux, nous le suivons. Les éclairs se succèdent et, dans ce tumulte, le rire vainqueur de Lexhil, tout près. La maison est à moins de cinq mètres, j'entends la porte qui claque au vent. J'ai l'impression de ne pas avancer. Je ne vois plus Cedrik. Depuis que nous avons tourné à l'angle de la rue, nous prenons les rafales sifflantes de face. Derrière moi, Cerdish me pousse à l'intérieur.

Cedrik est là, immobile. Tout est sens dessus dessous :

— On dirait qu'une tornade s'est engouffrée à l'intérieur !

— À l'intérieur de son ventre aussi.

Cedrik s'est légèrement décalé, livrant à nos yeux horrifiés le cadavre éviscéré du vieillard.

— Pourquoi ?

— Il joue la guerre des nerfs, cette mise en scène s'adresse surtout à Cédric, elle n'est pas sans similitudes avec l'éviscération de Qalkulovitch.

— Mais pourquoi, pourquoi toujours moi ?

— Il lui suffit d'en éliminer un seul d'entre nous, peu importe lequel. Barzok a dit qu'il faudrait que nous soyons quatre bien distincts pour réussir. Si nous ne savons pas pourquoi, visiblement, lui le sait.

— Je pense que cela confirme que tu es le seul à être en liaison avec la Terre. C'est peut-être au-delà de toi qu'il agit, encore et toujours à travers tes yeux.

Un hurlement plus long, plus strident, stoppe nos déductions.

— Il y avait un autre survivant !

Sans rien ajouter, nous sortons. Longeant les murs, nous atteignons la dernière maison sans avoir croisé âme qui vive. Je réalise que mon cœur bat à tout rompre, seuls les éclairs nous aident à y voir clair et, pour moi qui aime tant la foule, il n'y a rien de pire qu'un village désertique au milieu du désert. À bout de nerfs, prêt à craquer, j'oriente mes pensées vers Cerdish :

— Tu disais que c'était nous qui plantions le décor, il est temps de le prouver. Quelle situation nous serait la plus favorable ?

— Tu as raison, à nous de mener la danse. Nous ne savons toujours pas ce qu'ils entendent par fusionner. Je me vois mal nous précipiter sur lui pour essayer de former un seul être physique comme nous l'avons vu faire par les quatre Tristans. Alors je propose que nous montions là-haut, à la source. Ne me demandez pas pourquoi, mais je suis certain que c'est par là qu'on pourra retourner chez nous. Lexhil n'a pas anéanti ses hommes de main pour rien. Il leur avait enlevé tous leurs pouvoirs en dehors des yeux, c'est qu'il avait besoin d'eux. S'il les a éliminés, c'est qu'ils avaient découvert quelque chose d'essentiel. C'est là-haut que tout se joue !

— Tu as raison. Lexhil a tout fait pour que nous n'y allions pas et tout ce qu'il fallait pour que nous en partions très vite. Il y a forcément une raison, ajoute Cedrych.

— Je suis d'accord aussi, mais c'est impossible de remonter là-haut avec cette tempête, on n'a aucune chance, complète Cedrik.

— En restant ici, non plus. C'est le moment de visualiser, il y a beaucoup d'électricité dans l'air et quelque chose me dit que c'est un climat très favorable pour ce genre de chose.

Cerdish a conclu avec beaucoup de persuasion, déjà engagé sur le sentier qui longe l'oued vers le pied de la montagne. Je ne suis plus que l'ombre de moi-même ; retourner là-haut en plein orage et peut-être face à face avec les corps qui s'y trouvent ne me réjouit guère, mais l'idée de rester seul ici me terrorise bien plus encore. Fusionner, j'avais oublié cet aspect du programme ! Plus mort que vif, je suis le groupe comme un automate.

Le chemin que nous avons emprunté quelques heures plus tôt est encombré des fragments de roche des éboulis et, sans chaussures de marche dignes de ce nom, l'ascension s'avère plus difficile encore. Plus nous progressons, plus l'orage et la tempête de vent redoublent de violence.

— Lexhil ne veut vraiment pas qu'on y aille, nous sommes sur la bonne voie !

— Qu'est-ce que tu espères trouver là-haut, Cerdish ?

— Je crois que l'équipage de la tubulaire 3 avait compris que c'était le passage, reste à trouver le levier. C'est là qu'ils ont échoué.

— Le levier, mais de quoi tu parles ?

— Pour revenir, quand on est de l'autre côté de la table de la salle G, le passage, c'est l'arbre à fente. Mais il n'apparaît que si Parolaÿ, la robe fantôme, est présente. Elle est le levier. Je pense qu'il existe quelque chose de similaire de ce côté.

— Et la fusion alors, t'en fais quoi ? Je te rappelle qu'ils comptent tous sur nous, là-bas.

— Ne vous inquiétez pas, je n'ai pas oublié. Je pense que tout est lié et que la solution est là-haut, si on y arrive.

— Justement, je veux bien visualiser, mais visualiser quoi ?

Une pluie battante s'abat sur nous sans crier gare, interrompant toutes nos pensées. L'effet de surprise est énorme, en quelques secondes, le chemin se transforme en lit de rivière.

— Dégagez de là ! Il faut nous abriter sous le rocher en surplomb à droite !

Tant bien que mal, je place mes pieds dans les pas de Cedrik. Je n'y vois quasiment rien, mon chèche trempé est plus gênant qu'utile. Je tente de m'en débarrasser, perds l'équilibre et glisse sur plusieurs mètres en contrebas. Hagard, j'essaie de relever la tête. Cedrych m'a rejoint :

— Ne bouge pas. Ta chute a été interrompue par un gros rocher. Laisse-moi vérifier que tu n'as ni fracture ni plaie.

Je sens ses mains qui palpent mon corps avec célérité et précision. On dirait Tulay. Tulay, mes yeux s'emplissent de larmes. Tulay…

— Calme-toi, tu n'as plus aucune résistance mentale et tu es visiblement exténué. Lexhil a eu le temps d'agir tout à l'heure. Il faut te battre, Cédric. Résiste. Résiste pour Tulay…

Il continue son inspection méthodique.

— Tu n'as apparemment rien, essaie de te relever.

— On ne pourrait pas visualiser un contexte plus clément ? suggère Cedrik.

— Ça ne servirait à rien. À ce jeu-là, Lexhil est beaucoup plus fort que nous quatre réunis. Nous pouvons générer des éléments qui font partie de nous comme les sphères, mais rien de ce qui touche à son monde. Cet orage et surtout cette pluie n'ont rien de naturel. Nous devons y arriver par nos propres moyens.

— Et la caudale ?

— Rien de ce côté, le vieil homme avait raison. Nous ne devons compter que sur nous-mêmes. Il y a forcément une raison. Il faut que nous soyons confiants. Allez, j'ouvre la voie, soutenez Cédric par les épaules, il est trop faible pour continuer seul. Lexhil n'a pas éviscéré ce vieillard pour rien, il a généré un canal qui lui a permis de finir ce qu'il avait tenté de faire dans la rue : pomper l'énergie de Cédric !

Je ne me sens plus la force de protester. Avec beaucoup de précautions, Cerdish et Cedrik me remettent debout. Je teste mes jambes. Tout fonctionne, je ne veux pas être un poids mort, j'essaie autant que je peux de les soulager. Ma tunique déchirée laisse la pluie battante me marteler le ventre. Tête baissée, je ne me concentre plus que sur une chose : l'endroit où je pose mes pieds. Nous progressons en bordure du chemin. Cedrik s'aide de la barrière qui borde cette portion ; de son côté, Cerdish a récupéré une branche qui lui sert d'appui. Vermoulu, je me bats pour rester conscient ; une douleur lancinante dans la jambe droite m'indique que je ne suis pas indemne. Elle augmente à chaque pas, je serre les dents. Il faut tenir, par-dessus tout tenir. J'ai l'impression que nous marchons depuis des jours. Je ne sais plus pourquoi nous sommes là, ce que nous cherchons. La douleur vrille maintenant toute ma jambe. Malgré l'eau qui ruisselle sur mon corps, je sens que je suis en sueur. À droite, j'entends Cerdish qui souffle comme un bœuf.

— On y est presque, tenez le coup, il ne reste que quelques mètres. Courage, Cédric, on va pouvoir se mettre à l'abri.

Je n'ai même plus la force de leur envoyer un quelconque message. Épuisé, je franchis les derniers mètres à la limite de la conscience. Cedrych nous a guidés jusqu'à un contrefort à proximité de l'entrée de la grotte. À l'abri de la pluie et du vent, ils m'installent le long de la paroi rocheuse et je sombre dans l'inconscience.

Ce n'était pas un cauchemar, la tempête fait toujours rage. Le roulement du tonnerre, la pluie, les éclairs exacerbent tout. D'ici, le paysage est fantastique. L'oasis, balayée par les rafales de vent, danse dans tous les sens. Les nuages rivalisent dans une course de vitesse frénétique. Il y a une forme de beauté fascinante dans ce déferlement de puissance.

— Comment vas-tu, tu as reçu un message ? me demande Cerdish.

— Non, je crois que je me suis juste endormi. C'était un sommeil sans rêves. Cerdish, pourquoi Lexhil ne nous détruit-il pas tout simplement ? Il le pourrait si facilement, nous ne lui arrivons pas à la cheville, même avec quatre caudales, dis-je d'une voix lasse.

— Parce qu'il ne le peut pas. Il est comme nous. Rappelez-vous quand il a essayé de nous absorber en face-à-face ; il nous a rejetés avec dégoût. Il ne peut pas nous détruire !

— Alors, qu'est-ce qu'il veut faire de nous ? demande Cedrik.

— Il espérait que nous coopérerions, il pensait pouvoir nous manipuler mentalement comme il l'a fait pour les membres de l'équipage. Il s'est servi de nous pour dominer la Terre via les yeux et les émotions de Cédric. Je sens que c'est là qu'est sa faille.

— Pourquoi toujours moi ? dis-je dans un regain d'énergie.

— Je soupçonne que tu es bien plus que ça. Nous avons tous les trois fait des études, pas toi. Tu as les mêmes éléments clés que nous dans ton parcours, mais il y a quelque chose de fondamentalement différent. Ça fait un moment que j'y réfléchis, je pense que tu es un être solaire.

— Merde, Cerdish, qu'est-ce que tu fais ? Tu cherches à nous démoraliser ? C'est ce que veut Lexhil. Il faut arrêter ce délire-là. Cédric, oublie ces inepties, nous devons absolument rester soudés. Tu es juste un peu moins hermétique que nous autres et c'est pour cela que nous te protégeons, intervient Cedrik, les yeux brillant d'une lueur que je ne lui ai jamais vue.

— Tu ne comprends pas ce que je veux dire, reprend Cerdish. Solaire n'a rien à voir avec une quelconque faiblesse. C'est son type d'énergie. Depuis que nous sommes de ce côté, j'ai la conviction que nous avons quatre énergies de base très différentes et complémentaires, comme quatre piliers. Vous me suivez ? Quatre piliers auxquels il ne manque que la clé de voûte.

— Bon sang, et la clé de voûte… c'est Lexhil, réalise Cedrych. Si nous réussissons à combiner tout ça, alors nous serons à nouveau un et Lexhil sera neutralisé, absorbé à son tour !

— Reste à savoir comment faire. Chaque fois que nous sommes face à lui, c'est lui qui a l'avantage, complète Cedrik, toujours très pratique.

— Tu viens juste de me donner la solution, reprend Cerdish. Nous ne devons pas être face à lui, les piliers ne sont pas côte à côte face à la clé ; vous n'avez jamais visité d'église gothique ? Quand il sera là, il faudra impérativement que nous soyons aux quatre sommets du carré dont il sera le centre.

— Et ?

— Et je ne sais pas la suite. Il faut essayer, ça doit marcher ; on n'a pas le choix.

— Il faudrait déjà qu'on réussisse à rejoindre la source et, avec l'eau qui dévale de l'accès de la grotte, c'est pas évident qu'on puisse passer.

— Comment te sens-tu, Cédric, es-tu prêt à repartir ? me demande Cedrych avec sollicitude.

— Je pense que ça va aller, j'ai bien récupéré.

La tempête fait toujours rage. À contrecœur, je suis Cedrik qui a pris la tête de notre convoi. Nous ne sommes qu'à quelques mètres de l'entrée. Le grondement de l'eau tumultueuse de la cascade me terrifie ; le moindre faux pas et nous serons emportés et jetés en contrebas comme de vulgaires cailloux. Je lève les yeux et comprends, affolé, ce qu'ils veulent faire. Ils ont dû explorer le terrain pendant que j'étais sans connaissance. La cascade dévale de beaucoup plus haut dans la montagne, elle est sûrement alimentée par l'eau de l'orage. Pour accéder à la source, il nous faut passer derrière, sur le chemin boueux et encombré d'éboulis. C'est de la pure folie, aucun alpiniste bien équipé et sensé ne tenterait la traversée. Alors nous, avec nos galoches aux pieds !

— Nous n'y arriverons jamais…

— Tais-toi et reste positif, dans dix minutes nous serons tous les quatre à l'abri.

Je ravale mes idées noires. C'est trop tard pour discuter, je ne peux pas reculer. Concentré sur mes pieds, j'avance, maintenant l'image de la source devant mes yeux ou plutôt juste au-dessus de la base de mon nez. Pas après pas, je réalise que ma théorie était bonne, ce n'est pas les globes oculaires, mais l'espace au-dessus du nez qu'il faut stimuler. C'est là que je vois la source, mes yeux s'occupent de mes pieds. Waouw, ils ne vont pas en revenir, j'ai trouvé, j'ai percé le mystère des yeux !

Complètement obnubilé par ma découverte, je passe derrière la cascade, faisant fi du danger pourtant plus qu'extrême.

À l'intérieur, j'éprouve le même drôle de sentiment de sécurité que lorsque je me suis retrouvé dans la faille à l'abri de la tempête de sable. En sécurité, ici, cela semble complètement incongru. La source déverse tranquillement une eau limpide le long de la paroi de la montagne. Plus aucune trace de corps ni d'odeur. Le niveau d'eau, plus bas que tout à l'heure, dégage un replat circulaire. Au centre, un bouillonnement régulier indique que l'eau arrive continuellement. Incrédule, je me tourne vers Cerdish :

— Comment expliques-tu ce mystère ?

— Je ne vois que trois possibilités. Le flux a tout nettoyé et les corps gisent en bas de la falaise dans le bassin, ou bien c'est effectivement le passage que nous cherchons, et les corps ont disparu de l'autre côté, ou encore un mélange des deux.

— On dirait que la nature est redevenue clémente dehors, annonce Cedrych.

Cedrik s'approche de la sortie et confirme :

— Le soleil de plomb est de retour, Lexhil est passé à autre chose.

— En effet !

Nous nous retournons d'un bloc. Il est là, de l'autre côté de la source, plus effrayant dans la pénombre que dans mes souvenirs. Immédiatement, la préconisation de Cerdish me revient en mémoire. Nous sommes très exactement alignés face à lui. Même si nous parvenons à nous déplacer sans qu'il bouge, je ne vois pas comment nous pourrons former un carré autour de lui sans être à moins d'un mètre de son regard dévastateur.

— C'est foutu, on ne pourra jamais prendre la configuration dont tu as parlé.

— Ayez confiance, c'est notre seule chance.

Joignant le geste à sa pensée, Cerdish emprunte le replat qui contourne la source par la droite.

— Cedrik, passe à gauche. Cédric et Cedrych, tâchez de vous positionner par rapport à nous pour former un carré parfait.

— OK, je veux bien, mais dans ce cas de figure, le centre, ce sont les bouillons de la source, conclut Cedrik tout en s'engageant à son tour.

Lexhil s'attendait visiblement à une autre réaction. Sarcastique, il harangue Cerdish :

— Le petit génie compte venir m'attaquer à mains nues ? Vous avez prouvé que vous ne manquiez pas de ressources, mais je doute que vous ayez la puissance nécessaire pour un corps à corps, même à deux contre un.

Et sans doute pour nous montrer notre impuissance, il disparaît dans un spectaculaire mouvement de toupie sifflante.

— Continuez ! Il n'allait pas rester là à nous attendre, il faut qu'on essaye, quoi qu'il fasse ! ordonne Cerdish.

Invisible, Lexhil nous harcèle de son rire narquois et méprisant.

— Tenez bon, pensez qu'il n'aime pas ce qui est imprévisible.

— Ben, pour l'instant, c'est plutôt lui qui est imprévisible. On ne sait même pas où il est, ni ce qu'il est capable de provoquer.

J'essaye tant bien que mal de contenir la peur qui me tortille le ventre et s'intensifie à chaque nouvel éclat de rire relayé par l'écho du goulot au fond de la grotte. Cedrik et Cerdish ont atteint leur position, Lexhil s'est tu ; un silence, à peine troublé par l'écoulement de l'eau, s'installe, chargé d'angoisses.

— Et maintenant ? demande Cedrik, qui ne supporte pas l'inaction.

— On focalise. Il est possible qu'on réussisse à aiguiser sa curiosité si on focalise sur lui. Concentrez-vous sur son apparition au centre du carré, c'est-à-dire au-dessus de la source sous la voûte.

L'image mentale émise par Cerdish est très claire, je m'y accroche et me concentre au maximum de mes possibilités à la base du nez.

— Génial, Cédric. Alignez-vous tous sur lui, envoie Cedrych.

L'appréciation me va droit au cœur et je redouble d'énergie, le troisième œil rivé sur le centre de la voûte rocheuse. Peu à peu, l'image de Lexhil se forme.

— Il est là, fermez les yeux, ne lui permettez pas d'y accéder et maintenez la concentration.

À nouveau, il tente de nous déstabiliser de son rire, mais cette fois-ci, je crois percevoir un rien d'incertitude, l'ombre d'un doute.

— Il ne comprend pas ce que nous faisons !

— Moi non plus ! Il ne se passe rien, Cerdish, ça ne marche pas !

— Ça doit fonctionner, il manque quelque chose.

À nouveau, Lexhil provoque Cerdish.

— On veut jouer au maître Barzok ? Personne ne peut décider où je dois être ! D'ailleurs, j'ai une petite visite à faire à votre amie Tulay…

De la source jaillit un puissant geyser. Sans terminer sa phrase, il plonge dans la colonne d'eau qui redescend et l'emporte dans un tourbillon profond.

Stupéfaits, nous avons à peine eu le temps de comprendre.

— Et merde, Cerdish, Tulay va payer pour nous ! explose Cedrych.

— Je ne suis pas si sûr. Il a fui, ce qui prouve que nous pouvions réussir. Il ne s'attendait pas à ce que nous puissions lui imposer quelque chose, et nous sommes parvenus à le faire apparaître exactement où nous voulions. Sa remarque était pleine de rage, et actionner le levier affectif montre qu'il a été pris de court. Pourtant, il y a quelque chose qui n'a pas fonctionné, on a réussi à le faire apparaître, mais pas à fusionner.

— Tu as parlé de polarité, tout à l'heure. C'est peut-être ça le problème.

— Évidemment, tu as raison, Cedrik, j'ai négligé les polarités. Cédric doit être face au soleil, Cedrych à sa droite, toi à sa gauche et moi dos au soleil. Il faut changer de place et attendre son retour. Allez-y doucement, le sol est glissant.

— Concrètement, je vais où ? Il est où, le soleil ?

— Tu vas à droite de l'entrée, Cédric.

Avec moult précautions, je suis les instructions de Cerdish. Pressés d'en finir, Cedrych et Cedrik se sont engagés ensemble sur le même aplat ; juste avant de se croiser, la chaussure de Cedrych glisse sur le rebord humide. Il tombe dans l'eau qui se met à bouillonner. En une fraction de seconde, les visages émaciés se superposent au sien. Je chasse immédiatement cette image de mon mental et me concentre sur Cedrik, qui tente de saisir la main de Cedrych, agenouillé sur l'aplat. D'où je suis, je ne peux rien faire d'autre. Happé par le bouillon, il boit plusieurs fois la tasse. Cerdish, de l'autre côté de la source, lui hurle :

— Essaye d'attraper son poignet.

L'eau recommence à monter. Je visualise leurs deux mains qui s'agrippent l'une à l'autre à m'en exploser la cervelle. Un cri de victoire. J'ouvre les yeux ; Cedrik ramène Cedrych sur l'aplat. Il reste un instant les jambes pendantes au-dessus de l'eau qui bouillonne toujours.

— Je sais que tu es secoué, mais il ne faut pas rester là, lui conseille Cedrik, conscient que tout danger n'est pas écarté.

Il aide du mieux qu'il peut Cedrych à se remettre debout. Avec d'infinies précautions, ils rejoignent leur position.

— Et maintenant ?

— Nous n'avons pas le choix, il faut attendre son retour, répond Cerdish en soupirant.

— Ça risque d'être long. Je propose qu'on prenne un peu de repos en faisant des tours de garde. L'eau se mettra à s'agiter, ou quelque chose du même genre, quand il va revenir, nous aurons le temps de nous positionner, suggère Cedrik.

— Je commence, déclare Cerdish, mais restez en position.

Soulagé, je m'assieds le long de la paroi.

— Cédric, essaye de contacter Tulay pour la prévenir. On ne sait jamais ! propose Cedrych.

Sans hésiter une seconde, je ferme les yeux et me concentre. La connexion s'établit presque instantanément. Je reste un moment interdit, surpris que ce soit possible dans ce sens-là. C'est Barzok que je vois, il ne me laisse pas le temps de dire quoi que ce soit :

— Coupe la transmission, nous vous suivons de très près ; Tulay est en sécurité dans la grande salle du conseil. Lexhil va vite comprendre qu'elle est inaccessible, vous devez être vigilants. Ce n'est pas le moment de dormir !

Je décroche immédiatement. Sans avoir le temps de rassurer les autres, j'ai entendu Cerdish prévenir :

— L'eau s'agite, tenez-vous prêts ! Il faut profiter de l'effet de surprise !

Sans transition, je me concentre à nouveau, avec une énergie insoupçonnée, sur Lexhil sous la voûte. Des crampes dans les cuisses m'indiquent que la caudale s'actionne. Ce n'est pas le moment, il n'est pas question de disparaître. Mon corps tout entier s'électrise, mon cœur s'emballe, je m'accroche désespérément à la visualisation. Ce n'est pas le moment, bon sang, ce n'est pas le moment ! Je n'entends plus rien, ni la source ni le geyser, rien d'autre qu'un bourdonnement d'abeilles de plus en plus intense et, au moment où – n'y tenant plus – je suis prêt à tout lâcher, une lumière intense, d'une blancheur extrême, illumine toute ma tête. Je me sens soulevé dans la vis sans fin qui crève le plafond de la grotte.

Dans le tourbillon d'une clarté intense, je sens nos cellules qui fusionnent, se combinent, s'amalgament. Un mélange aigre-doux de saveurs, de senteurs et de couleurs m'enivre. Des relents de dégoût puis d'amour absolu me traversent. Une double spirale se forme et s'enroule sur elle-même. Je flotte hors du temps et de l'espace dans un état de complétude totale. Après ce qui m'a paru être une fraction de seconde, le visage radieux, aimant, de Barzok s'impose, irréel, mais bien présent. Nous avons réussi. C'était lui, je le sais, qui guidait mes cauchemars, jalonnant notre périple de repères.

À la vitesse de la lumière, je vois défiler les cent prochaines années terrestres. J'ai la sensation qu'un sourire flotte en moi. Par la pensée, Barzok me demande :

— Souhaites-tu rejoindre Tulay ? Elle participe à la reconstruction.

— Bien sûr que je désire la rejoindre, mais oublierai-je qui je suis dans le transfert ?

— Tu as le choix. Soit reprendre ta vie là où tu l'as laissée avant de rencontrer Firstub dans le bureau de monsieur Vandekhor et, comme tous les Terriens, tu ne sauras jamais vraiment ce qui s'est passé, pourquoi tant de gens ont disparu, et tu seras prêt à accepter que le commandement de la cellule de crise instaure la gouvernance mondiale, seule administration capable d'organiser la restructuration de la planète. Soit reprendre ta place parmi nous et faire partie du groupe incarné sur Terre qui, sous la responsabilité de monsieur Vandekhor, veille à l'évolution de l'humanité.

— Mais qui sommes-nous vraiment ?

Avec un merveilleux sourire, il me répond :

— Je savais que tu ne l'avais pas compris. Nous sommes présents dans l'éther qui entoure les humains, l'air qu'ils respirent. Nous sommes là pour les aider à passer à l'étape suivante de leur évolution. La Terre vient de vivre une transformation très profonde, nous devons mettre en place les éléments qui permettront aux humains survivants de s'adapter à ce nouveau rythme. Nous sommes le futur, ce que les Terriens seront dans plusieurs millénaires, et nous veillons sur notre passé.

Je le regarde, incrédule, puis j'entends comme dans un rêve sa voix paternelle réitérer sa question.

Je ne sais pas si j'ai eu le temps de penser ma réponse, mais nous sommes là, tous les deux à pied d'œuvre sur notre bonne vieille Terre. Tulay, plus radieuse et belle que jamais, se campe devant moi, les mains sur les hanches.

— Tu ne vas pas rester là, à nous regarder avec ce sourire niais ! Allez hop, on a besoin de toi, il est temps que tu te mettes en quatre, dit-elle avec un clin d'œil taquin.

FIN

À propos de l'auteur

Née au milieu d'une fratrie de cinq enfants, Ariane s'est très tôt créé un univers intérieur riche où elle s'inventait mille vies qu'elle mettait en scène dans ses jeux souvent solitaires.

Plus tard, infirmière, enseignante dans des milieux variés puis directrice, elle découvre la richesse de la diversité humaine. Pour elle, chaque être humain possède plusieurs personnalités qu'il exprime en fonction du contexte dans lequel il évolue. Dès lors, elle comprend que rien n'est figé, que tout n'est que points de vue et apparences. Observer l'autre devient une passion puisqu'il ne peut y avoir d'individu sans importance, chaque vie étant en soi un incroyable kaléidoscope dont elle se plaît à deviner les différentes facettes.

Elle prend autant de plaisir à évoluer dans différents lieux et milieux où les rencontres sont riches et variées qu'à rester des heures à apprécier la nature.

Son imaginaire est stimulé par les créations de son mari artiste peintre-sculpteur. C'est en observant une de ses sculptures qu'a germé l'idée de ses trois derniers romans.

Pour en savoir un peu plus sur l'univers de *Plus Rien ne sera comme avant*, et retrouver des images concernant la trilogie, rendez-vous sur le site d'Ariane : http://arianefusain.fr.

Vous pouvez aussi laisser un commentaire sur amazon.fr et consulter sa page facebook.

Retrouvez tous les titres et l'actualité des Éditions HJ :

Sur notre site Internet :

http://www.editionshelenejacob.com

Sur Facebook :

https://www.facebook.com/EditionsHJ

Sur Twitter :

https://twitter.com/EditionsHJ